AF409608

Le dernier complot des Valois

Jean–Marc Becquet

Roman historique

Dépôt légal mai 2016 ISBN : 979-10-94133-05-7

JMB EDITIONS

Couverture © Matthias Becquet

Prix 11,90€

« Il est des têtes, où toute opinion qui entre la première, jette de telles racines, que tout ce qui vient ensuite la contredire, n'est regardé d'abord que comme une erreur »

À ma femme Pascale, sans qui ce premier roman n'aurait pas existé.

Livre I : Les meurtres de Blanat.

Chapitre 1 : Château de Blanat, le 3 novembre 1573

Pierre de Laverdes, receveur des rentes de son état, voulait finir son travail le plus rapidement possible et rejoindre ainsi sa maisonnée dès le lendemain. Il accepta la proposition de Guyot, le seigneur du château de Blanat.

– Dormez en ce lieu ! Certes mon épouse est malade et endormie, mais nous pouvons finir le travail ici, et je vous rendrai votre liberté de mouvement dès demain matin.

– Bien, messire, il en sera fait ainsi.

Pierre connaissait parfaitement les difficultés de son métier, le pratiquant depuis de nombreuses années. L'une d'entre elles était d'avoir parmi ses clients des personnages comme ce seigneur de Blanat. Gens fortunés de petite noblesse, dont le titre avait été acheté par leurs aïeux, avares la plupart du temps et qui étudiaient scrupuleusement leurs comptes et n'admettaient aucune erreur.

Il est vrai que le métier de receveur des rentes comportait des avantages pécuniers certains, étant payé au pourcentage des recettes qu'il encaissait sur les fermages, revenus, loyers et droits seigneuriaux pour le compte des autres. Mais s'il avait peu de difficultés avec les nobles, peu regardant sur la méthode, par contre depuis quelques dizaines d'années une nouvelle clientèle était arrivée, venant de la riche bourgeoisie marchande de l'Auvergne et du Cantal. Toujours mal à l'aise avec celle-ci, soupçonneuse, méfiante, même la procuration que les personnes devaient établir pour qu'il puisse s'acquitter de sa tâche auprès de leurs débiteurs, était difficile à obtenir et sans elle, il ne pouvait pas faire correctement son travail.

Les seigneurs du bourg avoisinant de Saint-Michel, de noblesse beaucoup plus ancienne, se moquaient ouvertement de la famille Blanat et depuis longtemps. Mais ils enviaient ce qu'elle possédait, l'argent.

Finalement, il fut soulagé de rester au château, par ces temps de guerre de religion, qui couvaient dans le pays depuis plus de douze ans, entrecoupés de trêves, la plupart du temps brèves. La dernière en date, signée par l'édit de Boulogne, avait ramené une paix précaire dans certaines régions du royaume mais pas dans cette partie du haut Quercy. Les petites villes et les campagnes étaient tenues par les protestants, les grandes par les catholiques.

Les milices des deux bords étaient donc toujours présentes, et certaines, sous le couvert de leur foi, menaient de pures opérations de brigandages, se terminant souvent par des meurtres, pour pouvoir dévaliser les biens et prendre l'argent là où il se trouvait. En ce moment, la guerre se rallumait un peu partout. Les protestants allaient se choisir un gouverneur général et protecteur des Églises réformées, en la personne du prince de Condé. La rumeur courait. Et le roi Charles IX n'avait pas atténué le désordre en accordant des faveurs importantes aux catholiques les plus virulents. Ceux-ci en profitaient, tout autant d'ailleurs que les huguenots, pour mener des actions de guerre sur l'ensemble de la région.

Bien sûr, Blanat, petite bourgade du Quercy était bien éloignée des enjeux qui se déroulaient un peu partout dans la province, mais les routes étaient peu sûres et dormir dans ce château valait mieux que de les parcourir. Car enfin, les portes étaient closes et plusieurs domestiques étaient là pour veiller.

Encore que le sieur Guyot devait mener sa maisonnée bien mal et avec dureté. Les regards qu'avait parfois surpris Pierre dans les yeux de ses serviteurs, en disaient long sur le personnage. Étrange d'ailleurs que cet arrière-petit-fils de bourgeois, devenu noble de par son aïeul Gausbert de Blanat, qui avait fait construire ce château au siècle dernier, avait épousé Gabrielle de Rilhac. Elle était la fille de messire Jean de Rilhac, l'un des plus grands seigneurs catholiques de la région.

– Vérifions une dernière fois ces recettes et je vous acquitterai ensuite le reçu pour les sommes que vous venez de m'apporter, je pourrai les enfermer en lieu sûr dans les coffres.

Il est vrai que Pierre n'avait pas été très rassuré par ce transport d'argent assez volumineux, caché dans les fontes de sa selle. Il le faisait régulièrement et sans escorte, pensant échapper ainsi de par la discrétion de son voyage à une attaque, mais rien n'était moins sûr en ces temps troubles. De plus, personne dans la région n'ignorait sa charge et il est vrai que certains de ses confrères avaient été assaillis et parfois occis lors de leurs missions.

Pierre et Guyot de Blanat reprirent donc les longues listes de noms, domaines et sommes des rentes perçues à la lueur des quelques bougies dans cette cuisine du château qui ne se prêtait certes pas à leur travail, mais qui avait le mérite d'être agréablement chauffée. À l'étage, la chambre était occupée en permanence par l'épouse de Guyot, souffrante depuis plusieurs semaines et qui ne quittait guère celle-ci. Pierre avait entendu les rumeurs provenant de la domesticité et faisant état de sa grossesse mais Guyot de Blanat n'en avait soufflé mot à quiconque.

Ce château n'avait plus rien à voir avec ses prédécesseurs, bâti quelques siècles auparavant, la lumière pénétrait abondamment dans la demeure lors des beaux jours.

Au rez-de-chaussée, il y avait la cuisine et la salle basse, flanquée de l'escalier de la tour. Au-dessus, la salle haute et une garde-robe surmontée d'un grenier et d'un galetas (1) constituaient les étages. Dans la tour, se trouvait une chambre

---

[1] Logement situé dans les combles

haute au premier étage, une autre au second et deux petites mansardes au sommet.

Dans la cour, se trouvaient le pressoir, les étables et la boulangerie, éloignés d'une dizaine de mètres de l'entrée.

– Passons dans la salle basse, où mes coffres de bague sont présents, je pourrai ainsi ranger l'argent, précisa Guyot, après avoir signé le reçu et posé son cachet sur le document.

Ils se rendirent dans la pièce et Guyot demanda à Pierre de l'attendre un instant pour qu'il aille chercher les clés de ces coffres dans la chambre ou dormait son épouse.

Pierre, en l'attendant ne put s'empêcher de réfléchir. Il regarda certains documents qui encombraient la table et notamment ce grand livre de couverture marron que Guyot avait sorti et qu'il consultait régulièrement en faisant l'inventaire des rentes avec Pierre, sans bien sûr lui montrer le détail de ce qu'il comportait.

Mais Pierre avait son idée, il avait consulté rapidement lors de sa dernière visite ce livre en attendant Guyot de Blanat qui s'était absenté un instant, et s'était vite aperçu qu'il s'agissait d'un registre qui mentionnait de fortes sommes d'argent auxquelles étaient accolées des initiales.

Guyot était fort riche et devait avoir de nombreux débiteurs. Pierre soupçonnait depuis longtemps qu'il se prêtait à l'usure. Oh certes, cela lui permettait de réinvestir l'argent de ses rentes et avec un bénéfice considérable, d'où certainement cet argent qui lui permettait d'augmenter ses terres et ses possessions aussi rapidement. En plus du château, il était propriétaire de nombreuses maisons du bourg de Martel dont il était originaire. Cela lui permettait d'avoir une position avantageuse pour faire pression sur certains des nobles de la région, et non des moindres.

Cela pouvait expliquer que Guyot de Blanat n'avait pas eu à redouter les fanatiques des deux bords et pouvait être reçu assez courtoisement tant par les huguenots que par les catholiques. Pierre se doutait que les prêts consentis à certains grands seigneurs lui assuraient de ne point être inquiété et de continuer tranquillement ses affaires. En ne réclamant pas trop vite certaines dettes, cette protection était acquise. Bien sûr, ces guerres se termineraient un jour, et il pourrait réclamer ce qu'on lui devait, et avec intérêts, une fois l'ordre rétabli.

Il est vrai que cet objectif d'acheter sa sécurité, sans toutefois perdre son capital n'était pas dénué de bon sens, les exemples d'exactions sur les marchands ne manquaient pas.

Au lieu de se faire détrousser, Guyot de Blanat préférait payer, même si son objectif était aussi de faire fructifier son argent. Pierre était persuadé qu'il devait prendre des garanties importantes pour se couvrir. De nombreux chefs de bandes armées étaient plus prompts à occire leurs semblables sous couvert de leur foi, que de réfléchir aux conséquences de leurs actes. Il devenait de fait, pourvoyeur de fonds des deux parties, l'entretien des hommes d'armes coûtait beaucoup à ces seigneurs de la guerre. Bien sûr la religion catholique interdisait toujours l'usure, mais la réforme non, et c'est ainsi que de nombreux marchands ayant embrassé la cause huguenote avaient remplacé les banquiers lombards dans cette partie du royaume de France.

Ainsi, même si le Sieur Guyot de Blanat affichait sa foi catholique, sinon il n'aurait jamais pu épouser Gabrielle de Rilhac, son père Jean, chevalier de l'ordre du roi, capitaine de cinquante hommes d'armes était un fervent catholique et un serviteur acharné du roi Charles IX et de Catherine de Médicis, on pouvait penser que Guyot de Blanat, avait épousé la cause huguenote en secret, et se prêtait ainsi à l'usure. De toute façon, sa discrétion lui permettait de ne pas rendre compte de cela. Et ses débiteurs n'allaient pas s'étendre sur leurs déboires de fortunes.

Pierre poursuivait ses pensées quand des bruits lui parvinrent de la cuisine attenante. Portes qu'on ouvre, bottes claquant sur le sol, le tout accompagné de sons métalliques qu'il reconnut être les rapières que l'on sortait des fourreaux.

Rapidement deux reîtres pénétrèrent dans la salle haute, et Pierre reconnu tout de suite ces mercenaires allemands qui commençaient à envahir la région. Reconnaissable à leurs armures noires qui déteignaient sur leurs visages et leurs mains et qui leur avaient donné le surnom de « diables noirs » par les habitants. Se vendant au plus offrant, équipés souvent d'une épée et d'une paire de pistoles, pilleurs, ils n'hésitaient en aucune façon à tuer. Pierre n'eut pas le temps pour que la peur se diffuse dans tout le corps, l'un des reîtres avait déjà pointé son pistole à rouet (2) et faisait feu sur lui à quelques mètres de distance. Une brève seconde plus tard, il s'écroulait sur le sol, la balle avait percuté sa tempe, il n'eut même pas le temps de comprendre vraiment ce qui lui arrivait.

---

[2] Ancêtre du pistolet, arme du XVI siècle

Chapitre 2 : Commune de Martel, juillet 2003

Cette maison vétuste de Martel, dite « maison de Blanat » était en pleine rénovation, un vieux plancher partiellement détruit, recouvrait un bassin carré et une cuve cylindrique. Les propriétaires avaient fait appel aux services archéologiques de Toulouse après avoir découvert des vestiges de construction en rénovant cette partie. Le chef de service avait donc délégué Victorine Guely pour faire l'étude topographique du site.

Victorine était spécialiste du bâti, une des nombreuses disciplines de l'archéologie moderne. Elle analysait les anciens bâtiments et bien sûr ceux de l'époque médiévale. Comprendre la base initiale du bâtiment ou plus souvent d'une ruine, ensuite analyser les différentes phases de transformation et de consolidation. Quelles techniques avaient été employées, par quels ouvriers, avec quels matériaux, et comment et pourquoi ces bâtis avaient pu traverser les siècles en gardant leurs mystères ? C'est ce qu'elle s'efforçait de percer. Voilà quelle était sa passion, à mi-chemin entre l'architecture et l'archéologie.

Ce chantier était un exemple typique de construction urbaine, les vestiges du sous-sol étaient l'un des morceaux de puzzle d'une maison préservée jusqu'à nos jours. Le seul inconvénient c'est que Victorine supportait mal d'être la plupart du temps allongée dans une atmosphère confinée, une forme d'angoisse, proche de la claustrophobie pouvait parfois la prendre et elle devait alors s'arrêter pendant un moment avant de poursuivre.

Et puis sa grande taille et son physique se portent mal à la recherche de l'enfoui, elle préférait de beaucoup l'analyse d'un bâtiment en plein air.

Ce bassin, à plan rectangulaire, avait été creusé dans le rocher. Au fond, trois rainures devaient capter et canaliser l'eau dans une cavité de forme carrée. Une base de colonne se trouvait dans l'axe du bassin, côté Est de la petite cavité. Elle comportait à sa base un cerclage de fer qui devait servir à l'origine de joint d'étanchéité, pour empêcher l'eau de passer dans le trou où elle reposait, enfin c'est ce qu'elle pensait.

Elle avait dégagé toute la base de la colonne, creusant minutieusement et sans rien détruire sur trente centimètres tout autour des deux édifices. Elle avait repéré assez vite les couches les plus anciennes de cette construction, le problème était de savoir à quoi cela servait. La datation ne serait pas facile, certains éléments de la construction avaient dû être réemployés au cours des siècles. Elle avait dégagé aussi un escalier à trois marches qui permettait d'accéder au bassin.

Elle ne pouvait s'empêcher de formuler des hypothèses sur cette construction et s'était bien sûr documentée avant sur les possibilités de celle-ci. La région manquant d'eau vers le XIII siècle, on avait souvent creusé dans des maisons du bourg des citernes. L'autre hypothèse c'est qu'il s'agissait d'un baptistère, servant à la cérémonie du baptême selon le rite de l'immersion. Mais dès le XVI siècle il ne consistait plus qu'en une légère aspersion. Ils étaient pour la plupart rond, et non carré. Enfin aucune église n'avait été signalée à proximité de l'endroit.

Cette maison dite de Blanat, était située sur la rue Droite, qui menait de la Porte de l'Agulhierie à l'église Saint Maur, en longeant les maisons qui formaient le mur extérieur de la première enceinte de Martel. En face d'elle, à l'emplacement de l'actuelle pharmacie, et de l'autre côté de la rue, se trouvait un ensemble de tours et de maisons, appelé la Souillague.

Cette maison avait appartenu à une riche famille de nobles et de marchands de Blanat dès le XIII siècle, qui avait ensuite construit le château de Blanat, près de Saint Michel de Bannières. Ils avaient été propriétaires de nombreuses demeures de Martel, près de 300 maisons, dont ils devaient tirer un profit substantiel.

On pouvait suivre les traces de leur fortune, dans les archives du département Entre le XIII et le XV siècle. Cette famille avait prospéré dans différents négoces, et notamment celui des bestiaux. Tout le pâté de maison semblait leur appartenir, et puis au XV siècle, la famille avait voulu vivre autrement et s'était mise à acquérir des charges de noblesse au lieu de courir les routes et de se faire traiter de « bizouards (3) » par les plus jaloux de leurs concitoyens.

Cette maison n'était donc pas habitée à cette époque par leurs propriétaires, mais certainement louée.

– Et zut, manquait plus que cela, c'est bien ma chance, murmura Victorine.

Elle venait juste de dégager un bout de squelette à la périphérie de la base du bassin, à une profondeur d'un mètre. Ce qui signifiait que pour l'instant son travail s'arrêtait là et qu'il faudrait faire appel à son amie Véronique Galliste, l'anthropologue du service. Elle avait déjà dégagé des morceaux et même des corps entiers lors de fouilles, mais cela n'était pas sa spécialité, et de plus on prenait des précautions assez importantes ne pouvant présumer rapidement de quand dater les vestiges humains.

Elle remonta de la cavité et alla prévenir son amie par téléphone.

Quelques jours plus tard, Victorine et Véronique arrivèrent presque au même moment sur les lieux de fouille. Après avoir pris connaissance du site et devant le regard de son amie, Véronique commença les premiers gestes de son métier. Elle

---

[3] Péjoratif, personnes devant marcher et faire face au vent

aurait pu déléguer quelqu'un d'autre pour récupérer les ossements, notamment son assistant universitaire, et ne faire que le travail de reconstitution dans son laboratoire. Mais cela la changeait de la routine de se retrouver sur un lieu de fouilles et lui permettait de travailler avec son amie, avec qui elle avait, depuis de nombreuses années, des liens privilégiés.

En fait elles partageaient la même passion : raconter une histoire, et si Victorine racontait celle d'un bâtiment, Véronique, elle racontait celle d'un squelette. Qui était-il ? Homme, femme, enfant, à quelle époque vivait-il ? Que mangeait-il ? Quelles maladies avait-il eu ? Et tous ces éléments lui permettaient de comprendre quelles étaient ses conditions de vie, sa classe sociale et une partie de ses origines.

Après avoir rassemblé patiemment tous les os, il lui faudrait ensuite le reconstituer dans son labo et faire son bilan de santé. N'étant pas médecin, elle avait dû se former avec ceux-ci. Ils lui avaient appris certaines techniques pour établir des prédiagnostics et notamment sur les causes d'un décès. Ensuite, cela se poursuivait dans d'autres laboratoires qui pratiqueraient des analyses en profondeur.

Elle voyait tout de suite qu'il s'agissait d'une personne d'âge mature, ce n'était pas un enfant.

– Alors, ton diagnostic, lui demanda Victorine ?
– À première vue, un squelette lui répondit-elle en souriant.

– Ok, merci d'être venue, je pense que je vais continuer seule, je voulais être sûre de ma première impression.

– Plus sérieusement, un adulte, certainement un homme d'après ce que je peux analyser du bassin que je viens de dégager.

Dégageant le crâne, elle s'aperçut qu'une cavité importante était apparente au temporal droit, certainement due à un coup en profondeur qui avait fait éclater une partie du crâne avec une perforation à la périphérie, provoquée vraisemblablement par une arme à feu. De toute façon, le traumatisme était patent et c'est ce qui avait peut-être provoqué sa mort, sous réserve d'un examen plus approfondi.

Véronique avait compris durant les différentes années qu'elle exerçait, que ce genre de découverte s'apparentait aussi d'une certaine façon à une enquête policière. Oh certes, il fallait replacer le squelette dans le contexte de la fouille, dater son âge, analyser les causes du décès et enfin avec ses collègues, établir une histoire plausible en fonction des recherches de chacun.

En fait l'énigme commençait, et cela devenait excitant.

Elle se redressa, prit délicatement le sac d'ossements et s'adressa à Victorine :

– Content de t'annoncer que nous avons un cold case à résoudre. Que peux-tu dire sur cette construction au bord de laquelle tu as découvert ce cadavre ?

–On pourrait dire qu'il s'agit d'une construction du XIII ou XIV siècle, mais je suis incapable de préciser vraiment à quoi cela servait.

– Bon, de toute façon, on va analyser tout cela et je vais rapidement faire une datation au C14.

Le lendemain, elle s'attela à la tâche de reconstitution sur la table prévue à cet effet dans le laboratoire. Au bout de la matinée, elle avait presque terminé, mais il y avait un gros problème, deux petits os, des phalanges, ne « convenaient » pas, et semblaient discordants.

Au bout d'un moment elle comprit le problème, ils appartenaient à un autre corps.

– Eh bien, cela devient une fosse commune, combien va-t-on en trouver ?

Il ne restait plus qu'à retourner sur le site et continuer les fouilles. Pourtant elle était persuadée qu'au même niveau de fouille, il ne pouvait pas y en avoir d'autres, ce qui semblait signifier que des restes étaient enfouis un peu plus profondément et que des os étaient « remontés » avec le temps. C'était envisageable.

Chapitre 3 : Martel, le 4 novembre 1573

Aymar Duboys, lieutenant de police du sénéchal de Martel, battait le pavé dans la cour de la Bastide. Il venait de terminer la séance de jugement un peu plus tôt. La journée était déjà bien avancée, et il repensait aux différentes affaires qui s'étaient déroulées durant des heures. Il est vrai que la sénéchaussée de Martel siégeait sans interruption depuis de nombreuses décennies. Les bourgeois de la cité, après avoir été durant quelques siècles de gros marchands de sel et de bestiaux, s'étaient tournés vers la magistrature au sein de cette sénéchaussée royale.

Le conseil du bourg de Martel entretenait des rapports difficiles avec le vicomte de Turenne dont il dépendait sur le plan seigneurial. La ville faisant partie de la vicomté. Mais il se réclamait de la justice du roi. Il est certain que cette sénéchaussée faisait vivre la plupart des habitants de la ville, du lieutenant général de police jusqu'au moindre sergent d'armes, en passant par les avocats, les greffiers, les huissiers, les officiers de justice et les procureurs.

La vicomté correspondait à un vaste domaine aux limites du Limousin, du Quercy et du Périgord, et comportait d'importants privilèges pour les gens de ce fief : exemption de taille, de fourniture de gens de guerre et de différents droits. Aussi, la ville de Martel faisait figure d'exemption dans la région, mais imbus de leurs personnes, de leur savoir et de leur prestige que conférait leur statut de magistrat, les consuls de la ville battaient en brèche, depuis des décennies, l'autorité de Turenne.

De plus, c'était la seule ville à être restée catholique dans une région protestante. Mais il est vrai que le vicomte actuel, Henri de la Tour, de par sa personnalité et son caractère avait réussi ces dernières années à calmer la rébellion quasi ouverte des bourgeois de Martel.

Et puis Jean de Linars, lieutenant général et sénéchal de Martel avait su réduire les ardeurs de la cité, leur démontrant à juste titre qu'un conflit ouvert pouvait aussi amener la ruine de la cité, car on ne manquait pas d'exemples de cités détruites totalement en ces temps troublés.

Repassant les jugements de la journée, Aymar Duboys ne put s'empêcher de penser que de plus en plus de sentences concernaient des soldats de garnison. Parfois jugés pour des affaires de trahison, comme ce mercenaire qui serait bientôt mené en ville sur une chaise puis pendu et étranglé sur la place publique. Et cet autre poursuivi par le procureur du roi, pour avoir transgressé les ordonnances militaires relatives à son tour de garde et qui subirait la même sentence.

Les peines contre ces gens d'armes étaient sévères la plupart du temps, à la différence par contre, de celles concernant les marchands de la ville, comme ce drapier qui malgré l'homicide commis sur un vice-sénéchal, devrait uniquement acquitter deux écus et deux sols aux pauvres de la paroisse et deux écus au curé pour faire ensevelir celui-ci (4).

Aymar pressentait que tout cela faisait gronder les gens d'armes et aussi la noblesse qui supportait de plus en plus mal, l'insolence de ces marchands et qui comprenaient mal que les crimes de ces bourgeois et notables de la ville ne soient pas jugés de la même façon. Mais il est vrai que leur argent leur permettait d'arranger bien des procès et d'atténuer bien des peines.

À ce moment-là, une cavalcade se fit entendre et deux chevaux menés à fond de course pénétrèrent dans l'enceinte de la bastille.

Aymar reconnut Pierre de la Boudie, un écuyer, accompagné dans sa course par un inconnu certainement un paysan d'après la tenue, mais qui savait monter un cheval. Ils s'arrêtèrent près de lui et sans même le saluer l'écuyer lui dit :

– Un meurtre au château de Blanat sur la personne du seigneur Guyot. Il faut venir vite.

– Par qui ?

– Nous n'en savons rien, les corps ont été découverts ce matin par les paysans qui ont entendu les serviteurs qui criaient.

---

⁴ Tous les faits et les jugements sont authentiques.

– Comment ça les corps ? Vous parliez du seigneur Guyot.

– Oui, mais sa femme et son receveur ont été trouvés morts aussi, un vrai massacre.

Aymar prit les choses en main rapidement, il avait l'habitude. De plus le lieutenant général, Jean de Linars, était absent de Martel pour quelques jours, il devait le remplacer. Voyant passer son greffier, Pierre Gaufolh, il lui dit :

– Va quérir quelques écuyers et des sergents pour nous escorter, tu m'accompagnes aussi, un drame vient de se produire, nous partons de suite.

Puis se retournant vers l'écuyer :

– Qui celui qui vous accompagne ?

– C'est Jean Simon, qu'on surnomme Esclauze, le palefrenier du seigneur Guyot.

Aymar savait que les premiers indices recueillis lors des interrogatoires étaient importants lors d'un crime. Sous le choc, les personnes avaient du mal à dissimuler certaines choses et la peur d'être accusée rapidement les rendait loquaces.

– Qu'as-tu vu ?

– Je ne sais, je dormais dans la grange cette nuit, en dehors du castel, j'ai entendu des cris ce matin très tôt. Les chambrières m'ont dit qu'elles avaient découvert le seigneur et sa femme ainsi que le receveur morts, assassinés. Les visages sont défigurés, ils ont plein de sang partout sur le corps.

– Et ensuite ?

–J'ai donc couru prévenir les écuyers du voisinage et messire de la Boudie m'a dit de l'accompagner pour aller vous avertir.

Aymar avait déjà l'impression que le dénommé Esclauze ne lui disait pas tout. Son regard fuyait, il devait dissimuler quelque chose.

Le greffier revint, accompagné d'une petite troupe d'écuyers et de sergents. Blanat ne se trouvait qu'à une grosse lieue de Martel (5). Ils se mirent en route, espérant ainsi arriver rapidement sur les lieux de l'assassinat.

Ils arrivèrent au château avant la fin de journée. Plusieurs écuyers du voisinage se trouvaient présents ainsi que de nombreux hommes et femmes du Hameau de Saint-Michel de Bannières, proches de quelques centaines de toises de la citadelle (6).

Aymar reconnut parmi les écuyers, Charles de Courson, cousin du sieur de Blanat. Tous ces écuyers, de la petite noblesse héréditaire de la région, passaient leur temps à rechercher l'appui

---

⁵ Il s'agit d'une lieue du sud de la France, soit 5,8 km, la lieue de Paris était de 3,9 km.
⁶ Environ 1,80 mètre pour une toise.

des grands seigneurs et étaient souvent inféodés à une famille. De plus les troubles actuels qui déchiraient le pays les amenaient à se mêler à de nombreuses actions sanglantes, vivant parfois de rapines pour pouvoir s'accaparer divers biens. Tel était le cas de ce Charles de Courson, seigneur d'Alvignac.

Souvent cité par des témoins, Aymar le soupçonnait fortement de détrousser les marchands de draps qui circulaient dans le pays, mais aucune plainte n'avait été clairement déposée. En tout cas, sa présence, en tant que cousin du seigneur, notait clairement qu'il voulait participer au déroulement de l'enquête, et comme on savait que Guyot n'avait pas de descendance directe, il devait certainement penser à l'héritage et entendait déjà faire valoir rapidement ses droits.

À l'évidence, les autres écuyers présents sur les lieux étaient de son bord ou de ses proches. Sentant le piège qui pouvait rapidement se refermer par la suite, Aymar insista pour faire chercher l'autre cousin de Guyot, Verdun de Blanat et bien sûr le père de Gabrielle, l'épouse assassinée, Jean de Rilhac. Deux écuyers qui l'avaient accompagné de Martel, se remirent donc en route pour les quérir.

Aymar vit que Charles de Courson n'appréciait pas ces dispositions. Il demanda aux hommes de la suite de Charles de Courson, de rester sur les lieux et d'empêcher les personnes du bourg de s'approcher pour l'instant.

– Bien, allons dans la demeure.

Ils pénétrèrent tout de suite dans la cuisine et se dirigèrent près des corps.

Le seigneur et son receveur étaient allongés sur une coustre (7), les pieds vers la cheminée, côte à côte, les visages tournés vers le plafond, en sang, vêtus de chemises. Plus loin dans la pièce, près de la porte, gisait la demoiselle, en chemise de serge noire (8), le visage également en sang, elle avait dû subir des violences toutes aussi importantes.

Pierre, son greffier, lui montra la cognée pleine de sang qui se trouvait près de la table et qu'Aymar n'avait pas encore aperçue, trop occupé de faire ses premiers constats sur les corps.

– Pierre, note précisément l'endroit des corps, leurs blessures, et tout ce qui se trouve dans cette pièce.

– Oui, messire, mais que pensez-vous de ces traces de sang sur le sol ?

– Qu'on a dû les déplacer, après les avoir blessés et tués.

– Et cette cognée est certainement l'arme du crime, nota son greffier.

–Oui, mais pas la seule, murmura Aymar en s'agenouillant près des corps et en voyant que certaines blessures étaient dues à

---

⁷ Matelas de l'époque.
⁸ Désigne l'ensemble des tissus tissés selon un certain motif, souvent en laine au XVI siècle.

des tranchants et même, lui semblait-il par une balle de pistolet pour le receveur. Son métier d'arme et les nombreuses affaires de sang qu'il avait traitées dans sa charge lui permettant d'être assez affirmatif.

Jusque-là silencieux, Charles de Courson intervint d'un ton sec.

– Il faut les recouvrir de linceuls et les présenter dignement, c'est intolérable de les laisser plus longtemps dans cet état.

– Et vous voulez prendre ma place, messire, je ne savais pas que vous aviez la charge de lieutenant de police et que vous pouviez prendre toute disposition concernant une affaire criminelle.

– C'est ma famille et il s'agit de respecter les dépouilles, car enfin, pour le reste, il s'agit de meurtres et votre devoir est de retrouver les assassins.

– J'entends mener cette enquête comme je veux et si vous continuez à intervenir, je vous ferai emprisonner dans une salle et garder par un sergent.

– A quel titre et comment osez-vous ?

– Au titre de témoin, de complice peut-être, à vous de choisir.

Charles de Courson, se tint silencieux, il semblait avoir trouvé son maître et se s'attendait certainement pas à devoir obéir à des ordres, lui qui en donnait à longueur de journée.

Aymar entra avec son greffier dans la salle basse, près de la cuisine, dont les dimensions permettaient de penser que l'on s'en servait comme salle de réception.

Il pensa immédiatement à quelque chose et se tourna vers son greffier.

– Pierre va immédiatement t'enquérir de savoir qui se trouvait présent dans le château au moment de ces meurtres.

– Mais messire, comment savoir quel est le moment de ceux-ci.

– On a découvert les corps ce matin par la domesticité, de plus les traces de sang sur les corps sont quasi sèches, on peut supposer que les meurtres ont été commis dans la nuit ou au petit matin par plusieurs personnes.

– Et comment le savez-vous, lieutenant, intervint Charles de Courson qui l'avait suivi dans la pièce.

– Parce que je ne vois pas comment un seul individu aurait pu s'attaquer au seigneur et à son receveur les frappant de nombreux coups et tranchants, tout en assassinant ensuite la demoiselle.

– Quels tranchants ? On voit bien que l'arme du crime est cette cognée qui se trouve dans la cuisine.

– C'est bien ce qu'on a voulu nous faire croire.

À ces paroles, Charles de Courson plissa les yeux et un regard légèrement inquiet de sa part n'échappa en aucune façon au lieutenant du roi.

Deux personnes se trouvaient dans la pièce, une demoiselle qui pleurait et gémissait abondamment et une autre femme plus âgée qui l'assistait.

– Qui êtes-vous ?

– Je m'appelle Antoinette, la femme de Maître Bernard Darques, le notaire du sieur de Blanat, je suis venue consoler la demoiselle de Prélat.

– Et qui est-elle ?

– Une amie de la demoiselle, elle était venue ce matin pour lui rendre visite et s'inquiéter de sa santé, car elle était malade depuis plusieurs semaines.

– De quoi était-elle malade ?

– Je pense qu'elle était grosse, certainement de peu et elle supportait mal son état.

Se tournant vers l'autre côté de la pièce, il vit que la garde-robe était ouverte, des meubles renversés et de nombreuses affaires répandues sur le sol. Par contre deux coffres de bagues étaient là et en bon état, n'ayant pas subi de dommage, fermés et cadenassés. Au vu de leurs dimensions respectueuses, le sieur de Blanat devait avoir de nombreux biens à y ranger.

Inspectant rapidement l'ensemble de la pièce, Aymar aperçut des traces de sang, comme dans la cuisine.

– Il faut faire l'inventaire, intervint de nouveau Charles de Courson, des objets et valeurs ont certainement disparu, mais d'autres vont suivre avec tous ces paysans qui traînent aux abords.

– Nous le ferons en présence des autres membres de la famille, le coupa Aymar.

– Mais je suis le représentant et parent de la famille.

– Oui, mais pas de la famille de la demoiselle, c'est-à-dire les Rilhac.

À ces mots, la mine de Charles de Courson s'assombrit davantage, et Aymar se garda bien de lui poser la question de savoir pourquoi, il avait employé le mot de « représentant » de la famille, comme si les rôles dans cette affaire étaient déjà distribués.

Son greffier, Pierre, revint rapidement dans la pièce et s'approchant du lieutenant, il lui dit assez bas :

– Les deux chambrières Maurette et Antoinette étaient présentes cette nuit, ainsi que la dame de compagnie de la demoiselle. Le palefrenier, le dénommé Esclauze, dormait dans la grange, près des chevaux, et les autres domestiques vivaient la nuit dans les granges des métairies qui sont toutes aussi éloignées.

– Qui d'autres ?

– Si, répondit Pierre, plus bas encore. Maître Pierre Darques le notaire et mari de cette dame présente, m'a dit qu'il avait retenu une pauvre fille de la paroisse de Cavanhac qui était venue demander l'aumône. Elle a couché dans les foins cette nuit, près du château, et elle lui a expliqué avoir vu ceux qui ont tué….

- Consigne-le, mais n'en dis rien, et assure-toi que personne ne puisse l'approcher avant son interrogatoire.

Chapitre 4 : Toulouse, septembre 2003

Le pôle mixte des recherches archéologiques de l'université de Toulouse était bien équipé. De larges pièces de dépôt des objets découverts lors des fouilles, et des laboratoires couvraient un ensemble imposant. Maintenant équipé d'ordinateurs dotés de technique de relevés en 3D, cela permettait au pôle archéologique d'avancer considérablement durant les périodes d'études, qui commençaient alors que la saison des fouilles sur site se terminait.

Véronique Galliste pénétra dans le labo d'anthropologie. Sur les longues tables du labo s'étalaient les trois squelettes que l'on avait patiemment exhumés dans la maison dite de Martel.

Celui qui avait été découvert en premier était quasi complet, les premiers constats de Véronique s'étaient confirmés, un homme d'environ 25 à 50 ans, difficile de faire plus précis, et dont le décès était ce traumatisme important qu'elle avait décelé rapidement sur le temporal, avec en plus des contusions multiples sur le visage et le corps. On pouvait penser que l'homme était de condition bourgeoise ou noble, pas de traces des maladies fréquentes des paysans de l'époque. La datation au C14 lui avait permis de fixer l'époque, fin XVI, début XVII.

Mais quelque chose l'intriguait toujours sur la cause de la mort, car enfin, la cavité au temporal était de plusieurs centimètres, mais le pourtour du crâne n'était pas net, comme si on s'était acharné avec un objet assez lourd pour le tuer, impossible de survivre avec ce type de trauma. Quelle était l'origine de la mort ; cette blessure par balle ou les coups portés avec un objet lourd et dans quel ordre ?

Elle se décida à appeler Christophe, son ami, lui aussi spécialiste médiéval, mais pour les objets métalliques de l'époque, et les différentes armes que l'on pouvait retrouver.

– Bonjour, comment va le décorateur médiéval, c'est ainsi que Véronique avait un jour surnommé Christophe, lui parlant de sa spécialité.

– Véro, un peu de respect pour ma discipline, tu sais que grâce à elle, on peut comprendre les goûts et les couleurs d'une époque.

– Dis-moi, je suis sur un cold case de trois cadavres découverts dans un sous-sol d'une maison de Martel qui date du XIII pour le début de la construction, et je me pose quelques questions.

Il vint la rejoindre dans le labo. Elle lui fit alors un descriptif rapide mais précis de ses observations, lui montra les corps et attendit ses réactions.

– Alors, Sherlock, qu'en dis-tu ?
– Élémentaire, mon cher Watson ! Un coup de pistole à rouet !

– C'est quoi ce truc !

– En fait, vers le XVI apparaît un peu partout en Europe, des armes à feu et notamment les arquebuses, sorte de fusil sur trépied qui font des trous énormes et des pistoles, l'ancêtre du pistolet pourvu d'un mécanisme à rouet permettant la percussion. Donc si ton client a été tué par la balle et fonction de ce que je vois au niveau calibre, c'est plutôt avec ce type d'arme.

– Et c'était efficace pour tuer quelqu'un ?

– Avant cette époque, ce type d'arme faisait autant de dégâts sur celui qui tirait que sur celui que l'on tirait. Ça avait une tendance furieuse à exploser, mais à partir du XVI, et avec ce mécanisme de rouet, une sorte de percuteur, plus besoin d'allumer une mèche, et ça commençait à être redoutable, à courte distance bien sûr.

– On n'en a pas utilisé beaucoup dans la région pour cette époque-là, sinon j'en aurai trouvé lors de mes fouilles.

– Oui et non, en fait, ce sont les mercenaires allemands, assez nombreux durant les guerres de Religion et qui ont terrorisé la région, qui en étaient pourvus, ainsi que les nobles les plus riches. L'armée régulière et les milices n'en n'étaient pas équipées

– Ah oui, quand tu parles des mercenaires, tu veux dire les reîtres, payés par les deux camps pour combattre.

– Exact, ils étaient souvent équipés de deux pistoles ou pistolets, si tu veux. Tu n'as pas retrouvé la balle dans les fouilles.

– Non, et comment tu expliques les coups importants sur les os, l'assassin a ensuite achevé sa victime ?

– C'est plus difficile à expliquer, s'il voulait l'achever, il l'aurait fait avec son épée ou sa dague, dont il était généralement équipé, et aurait percé le cœur ou tranché la gorge.

– Oui, ça paraît logique

– Une idée sur le type d'objet qu'on a utilisé pour les coups, sachant qu'il a pu tomber par la suite.

– Non, impossible, la partie enfoncée aurait été moins nette, on pourrait penser à un gourdin ou un gros morceau de bois mais qui aurait percuté de haut en bas. Alors que s'il était tombé, le point d'impact aurait été différent et il n'a pas pu tomber d'une hauteur importante. Je pense que les coups sont portés par la suite.

–Donc si ces coups sont une tentative pour l'achever, cela a été fait par une autre personne.

– Donc plusieurs assassins, dit Véronique presque pour elle-même.

– Pardon, que veux-tu dire ?

– On le tue par balle ce qui provoque la mort, et on s'acharne ensuite sur la victime.

– Tu devrais stopper les romans policiers et t'orienter vers la poésie.

– Oui, tu as raison, mais je vais quand même essayer de recueillir l'avis d'un spécialiste de la médecine légale. Merci en tout cas pour tes explications.

– Et pour les autres ?

– Pour le second, un homme, des coups d'épée ou de dague peut–être ? Regarde ces blessures profondes et très larges, qui ont marqué les os. Pour la femme, ce ne sont pas les mêmes armes qui ont provoqué la mort. Dans son cas, les traumas semblent être la conséquence des coups portés par une masse, et cette trace dans la cavité de l'œil, certainement provoqué par un carreau d'arbalète (9).

Après s'être convenu que Véronique le tiendrait informé, elle vit sortir son collègue et regarda les deux autres cadavres.

Un cadavre de femme, jeune, à peine sortie de l'adolescence, vingt ans tout au plus et un homme adulte plutôt jeune mais qui devait être assez corpulent, le squelette était épais. Là aussi origine marchande, bourgeoise ou noble, ce qui d'ailleurs cadrait assez bien avec la maison où on les avait trouvés. Il lui restait à déterminer les liens de famille entre eux et d'analyser plus précisément leurs dents et leur ADN pour cela.

Une femme et deux hommes, s'il n'existait aucun lien de parenté entre eux, lui vient soudain à l'idée qu'il s'agissait peut-être du mari qui aurait surpris sa femme avec son amant et les aurait massacrés. Mais dans ce cas, qui avait tué le mari ? Trois

----

[9] Projectile de 30 cm tiré par l'arme.

squelettes, mort violente, et plusieurs assassins à n'en pas douter, décidément ce cold case était intéressant.

La porte s'ouvrit et son amie Victorine entra.

– Eh bien, on peut dire que tu me donnes du fil à retordre avec ses vestiges, lui dit Véronique avec un grand sourire.

– Bon d'abord, ce ne sont pas mes vestiges, ensuite ils sont devenus ta propriété maintenant, je viens juste de signer les papiers de donation à ton nom.

– Alors tu avances sur la construction bizarre de cette maison au sous-sol ?

– Non, toujours plusieurs hypothèses, mais je penche de plus en plus pour une citerne construite pour récupérer de l'eau, on a dégagé un conduit qui passe à travers la pièce et qui ainsi devait l'alimenter. En fait, plusieurs citernes devaient équiper les maisons de ce quartier et être reliées entre elles par ces conduits. Une forme d'alimentation en eau du moyen âge, mais sans le compteur.

– Que peux-tu dire d'autre sur cette maison ?

– C'est une maison noble qui a été possédée au départ par les seigneurs de Blanat jusqu'au XVI siècle pour ensuite être occupée par beaucoup de locataires ou de propriétaires jusqu'à nos jours.

– Eh bien, c'est peut-être de la famille dit Véro en les désignant, comme je les date du XVI, c'est possible. Mais pourquoi les avoir enterrés dans le sous-sol ? Impensable à l'époque, malgré une mort violente, on aurait dû les ensevelir près de l'église.

– Ou dans le château, à cette époque la famille possédait le castel, à huit kilomètres de Martel.

– Oui, j'ai la furieuse impression qu'on a voulu dissimuler les corps.

– C'est bizarre, lui répondit Victorine, il y a eu un triple meurtre à Blanat à la fin du XVI, lors des guerres de Religion, Le seigneur de l'époque, sa femme et son receveur, je l'ai découvert en consultant les archives, comme il n'y avait pas de descendance, c'est pour cette raison que la lignée s'est éteinte.

Les deux femmes regardèrent longuement les trois squelettes.

Aymar sortit et se dirigea rapidement vers la dépendance située sur le côté droit, là où son greffier lui avait dit que le notaire Maître Pierre Darques avait retenu la mendiante. Se tournant vers lui, il lui donna ses consignes :

– Va recueillir les dépositions de reconnaissance des trois corps, qu'on puisse notifier leurs identités, puis tu feras quérir au plus tôt deux ou trois chirurgiens qu'ils puissent me faire un constat des différentes blessures mais fait les intervenir séparément, sinon, ils me feront la même description et on risque de passer à côté de quelque chose.

Maître Darques, notaire de son état, qu'Aymar reconnut à son allure et à aux vêtements de sa charge, se tenait près de cette fille qui n'en menait pas large et faisait pitié de par sa maigreur et ses loques.

– Bonjour sieur Darques, je suis le lieutenant du roi, je viens recueillir la déposition de cette personne qui semble avoir vu quelque chose durant la nuit.

– Bonjour messire, par hasard on me l'a signalée et elle semble effectivement avoir vu les agresseurs de notre pauvre seigneur et de son épouse. Je l'ai donc retenue alors qu'elle voulait partir, mais je vous préviens, elle parle difficilement un bon français et on comprend mal ses dires.

– Bonjour, comment t'appelles-tu ?

Toujours effrayée, elle mit un moment à répondre, se demandant ce qui allait lui arriver par la suite. Aymar le comprit et lui précisa.

– Ne crains rien, je veux simplement que tu répondes à mes questions, on ne te fera aucun mal, mais tu dois parler.

Et pour bien montrer qu'il attendait des réponses précises avec beaucoup de sérieux, il lui fit jurer par le seigneur tout-puissant de dire la vérité.

– Tu étais là, cette nuit.

– Oui, dans l'foin, on m'avait permis de dormir là.

– Et qu'as-tu vu ?

– Des diables.

– Et comment tu savais que c'était des diables ?

– Ils étaient tout noirs.

– Comment les as-tu vus, c'était la nuit, et tu dis qu'ils étaient tout noirs.

– L'un des diables agitait un lampion (10).

– Où se trouvaient-ils ?

– Près de la poterne.

– Et combien étaient-ils ?

– Deux… ou trois, ma souvenance (11) est faible.

---

10 Petite lanterne fait en matériau léger

– Ils étaient à pied ?

– Oui, mais j'avois (12) entendu des chevaux avant de les voir.

– Et qu'ont-ils fait ensuite ?

– Ils ont pénétré dans le château.

– La porte était ouverte ?

– Non, quelqu'un les a fait entrer.

– Tu es sûre ?

– Oui, on a ouvert la porte après qu'ils ont frappé

– On t'a vu ?

– Oh, non, on pouvoit pas me voir.

– Et ensuite ?

– Je suis resté là à regarder, mais j'avois peur.

– Et puis ?

– Ils sont partis un moment après, en courant.

– Longtemps après

– Non, peu de temps.

– Tu as entendu du bruit lorsqu'ils étaient à l'intérieur.

– Oui, un claque sec comme un coup d'arque (13).

– C'est tout ?

– Oui.

– Pas d'autres bruits ?

---

[11] Ancien mot français pour désigner le souvenir

[12] Ancien français du XVI siècle, « j'avois » au lieu de j'avais, « on pouvoit » au lieu de on pouvait

[13] Coup de pistolet ou d'arquebuse.

– Non, le silence.

– Et après ?

– Des bruits de chevaux de l'autre côté. Et je me suis endormie au bout d'un moment. Je me suis réveillée ce matin avec les cris des dames.

– Quelles dames ?

– Les servantes, elles criaient à justice (14).

Aymar quitta le lieu, tout en demandant au notaire de continuer à surveiller la fille, le temps qu'il envoie son greffier pour mettre par écrit la déposition. Il était temps d'interroger les autres personnes présentes cette nuit-là.

Son greffier, Pierre, l'attendait avec un autre homme dans la cuisine.

– Messire, il s'agit de Raoulf, barbier chirurgien de son état, habitant le bourg proche.

– Bien, vous allez me décrire précisément ce que vous observez pour les navrures des différents corps qui se trouvent dans la cuisine. Et quelles sont les armes ou les objets qui auraient pu les provoquer.

Le chirurgien s'approcha du corps du seigneur assassiné, se pencha vers lui, et commença la description.

---

14 Toujours en ancien français, on criait à justice, et non à la justice.

– Premièrement, à la tête, on trouve une plaie du côté droit, qui semble avoir été faite par une cinquedea (15). Plus un autre coup de taille au côté gauche, et un autre coup entre l'œil et l'oreille, qui a été fait toujours par la même arme, une cinquedea, pénétrant jusqu'à la tempe. Plus au-dessous dudit coup, il y en a deux autres, descendant vers la gorge, de la largeur de deux doigts et au-dessous de ceux-ci, deux autres semblables en largeur et en profondeur. Puis partout sur la tête et le corps des coups portés par vraisemblablement cette cognée, mais qui semblent être postérieurs aux coups de tranchants, car ils n'ont pas provoqué de pertes de sang, on peut donc affirmer qu'il était déjà mort.

– Vous décrivez de nombreuses entailles, faite par une seule personne ?

– Je ne peux le dire, mais les angles d'attaque sont identiques, je pense qu'il était seul mais il s'est acharné sur le corps.

– Passons à l'autre homme, il s'agit du receveur des rentes du sieur Blanat.

– Aucun doute, ce trou à la tempe est l'œuvre d'une balle provenant d'un pistolet mais non d'une arquebuse, je peux l'extraire, elle semble toujours logée dans le crâne. On lui a aussi tranché la gorge. Et toujours ces nombreux coups portés par la cognée et qui ont fait éclater le crâne,

---

15 Poignard très large, dont la lame est en forme de triangle, le bas mesurant cinq doigts, d'où le nom latin cinquedea : cinq doigts

– Bien faites ainsi, mon greffier va consigner l'ensemble et vous le relira pour être sûr de ne rien oublier. Terminons par cette pauvre demoiselle.

Le chirurgien se pencha vers le troisième corps et regarda longuement les blessures qui se trouvaient principalement à la tête, même si on pouvait voir du sang sur le vêtement.

– Pas de coup porté par un tranchant ou de blessure de pistole, un carreau d'arbalète dans l'œil droit. Et des coups portés par un objet lourd. Cette cognée ensanglantée doit en être à l'origine, il me semble par contre que c'est la perte de sang qui est cause du décès.

– Quoi d'autre ? Demanda Aymar.

– La température du corps est différente des deux autres, je pense que le décès est plus récent.

Aymar savait que l'on observait la température de la peau d'un cadavre pour tenter de situer l'heure de la mort. Les chirurgiens de l'époque admettaient que celle-ci rejoignait la température ambiante huit à douze heures après le décès (16).

– Je suis également persuadé que cette personne avait absorbé de l'arsenic.

– Comment pouvez-vous l'affirmer ?

---

16 C'était un constat fait à l'époque, la mesure n'était pas très précise.

–Les extrémités sont livides, les yeux très rouges et les traits brillants. Dois-je pratiquer l'autopsie, messire, demanda le chirurgien (17).

– Non, inutile, elle est morte de ses blessures et non du poison, et de toute façon, la famille risque de s'y opposer, il faudra recoudre les corps, les recouvrir d'un linceul mais après que vos confrères aient pu décrire les blessures (18). Bien merci, Maître Raoulf. Vous enverrez à la sénéchaussée de Martel, vos débours pour le travail.

Pierre s'approcha de son greffier, et lui dit :

– Consigne bien tout cela, dès que les deux autres barbiers seront là, note leurs remarques, après nous procéderons à l'ensevelissement des corps.

Il fallait commencer à recueillir le témoignage des domestiques et personnes présentes, même si son greffier était occupé ailleurs, Aymar savait qu'il ferait de nouveau un interrogatoire plus tard, mais il était important de recueillir tout de suite leurs dires. Il chargea son sergent d'aller chercher les chambrières et de les amener dans la pièce qu'il s'était trouvée près de la salle haute pour les interrogatoires. Muni d'une table petite et de quelques chaises à haut dossier, il voulait installer une

---

[17] Le chirurgien de l'époque était le seul à pouvoir le pratiquer.
[18] On commence à l'époque à faire des descriptions sur les blessures lors d'un meurtre, le chirurgien faisant office de médecin légiste.

proximité entre lui et le témoin. Cela lui permettait dans un premier temps d'essayer de faire parler plus librement ceux-ci, car après et avec le solennel des dépositions lors d'un procès, en présence du greffier, du procureur et de plusieurs magistrats, les témoins avaient tendance à en dire le minimum et de ne plus se « souvenir » de certains faits.

Charles de Courson pénétra dans la pièce et s'installa sur l'un des fauteuils.

– Que faites-vous ? Sortez d'ici!

–Je dois assister aux dépositions, une ou plusieurs des personnes sont certainement les assassins, et notamment les chambrières, cela est évident et je resterai pour y assister.

– Ou vous sortez ou je vous enferme dans une pièce gardée.

– L'écuyer porta la main à son épée, mais se garda de la sortir, pensant qu'il n'aurait pas le dessus avec l'escorte qui accompagnait le lieutenant du roi.

– Je signalerai au procureur et au sénéchal votre attitude et vos actes pour couvrir les assassins et leur permettre d'échapper à la justice.

– À moins que cela soit vous, qui vouliez échapper à la justice en désignant d'autres personnes. Ne vous éloignez pas, je dois aussi vous interroger.

– Et pourquoi, donc ?

– Pour savoir où vous étiez cette nuit.

Le trouble de l'écuyer permit à Aymar de comprendre qu'il avait fait mouche, d'accusateur et de parent, Charles de Courson se retrouvait témoin au même titre que les autres personnes. Il sortit au moment même où le sergent faisait pénétrer une des deux chambrières.

Chapitre 6 : Cahors, mai 2004.

Véronique quitta la gare de Cahors, sachant que le bâtiment des archives du département où elle se rendait, était assez proche. Elle avait pris rendez-vous deux semaines auparavant avec l'un des archivistes Antoine Bliat, qui lui avait fixé ce jour, en milieu de matinée, dans la salle de documentation.

Elle avait peu progressé depuis septembre de l'année dernière, sur les squelettes découverts dans cette maison de Martel. D'autres affaires de fouilles lui avaient demandé une bonne part de son travail et de son énergie, mais elle continuait à s'y intéresser un peu comme un passe-temps ou un hobby, dont on s'occupait lors des loisirs.

Elle s'était renseignée par téléphone avec diverses personnes des archives ou des passionnés de cette époque et qui travaillaient dans la région. Elle en avait conclu que la datation était proche de ces assassinats commis à la fin du XVI, durant les guerres de Religion. Deux hommes, une femme de condition noble ou bourgeoise, d'âge identique, mortes d'une façon violente par arme et objet lourd, tout cela pouvait coller. Mais le gros problème qui se posait, était de savoir pourquoi ils avaient été enterrés dans cette maison, et non près de la forteresse.

Bon, de toute façon, si cette hypothèse ne cadrait pas, elle avait préparé toute une liste de question sur la période et sur la ville de Martel qui lui permettrait certainement de ne pas perdre sa journée.

Elle pénétra dans le bâtiment de la rue des Cadourques. Elle se présenta à l'accueil, indiqua son rendez-vous tout en présentant son identité, et la femme lui délivra une carte d'accès temporaire, en appelant Antoine Bliat.

– Bonjour, content de vous rencontrer.

Quelques secondes s'étaient écoulées depuis l'appel et déjà son interlocuteur la rejoignait à l'accueil et lui serrait la main chaleureusement.

– Finalement, nous faisons le même métier : des fouilles mais pas sur les mêmes objets, pour moi ce sont des livres, des documents, des lettres, pour vous ce sont des corps. Mais dans les deux cas des objets anciens, alors nous pouvons parler de fouilles, n'est-ce pas ?

– Vous vous déplacez moins souvent sur des sites, par contre.

– Détrompez-vous, vous n'imaginez pas le nombre de déplacements à effectuer pour expertiser des documents chez des particuliers ou des collections privées, courir les ventes aux enchères, fouiller dans les autres archives départementales. Heureusement d'ailleurs, je ne supporterais pas de rester enfermé à longueur de journée, à classer, préserver et lire les divers papiers. Bon, suivez-moi, je vous emmène dans la pièce où j'ai sorti les documents de l'époque sur les meurtres. On va pouvoir discuter du sujet de votre venue.

L'archiviste lui expliqua ensuite que son centre d'intérêt était l'étude du bas et moyen français, la langue parlée et écrite s'étendant du XII au XVII siècle, et qu'il avait consulté le fonds dit de Blanat qui se trouvait dans leur bâtiment. Il avait dû faire appel aux archives de Dordogne dans lesquelles se trouvait le fonds de Bonnélys, certainement les documents les plus complets sur les crimes de Blanat.

– Malheureusement, un autre fonds a disparu, il s'agit de celui de Costa, que le chanoine Poulbriére avait pu consulter à la fin du XIX siècle. Celui-ci avait patiemment constitué un recueil sur toutes les communes de la Corrèze et avait consulté pour ce faire d'importantes masses de documents. Même si Blanat ne faisait pas partie de ce département, l'affaire avait fait grand bruit et certains documents de l'époque en faisaient état.

– En fait, je ne sais pas si ces trois squelettes ont un rapport, mais la similitude d'époque, le fait qu'il s'agit d'une femme et de deux hommes, qu'ils sont morts d'une façon violente, et puis détail amusant ils ont été trouvés dans une maison de Martel, que les seigneurs de Blanat possédaient.

– D'après les documents retrouvés, ils ont été ensevelis près du château le lendemain du meurtre, à cette époque on ne traînait pas pour les funérailles, mais impossible de savoir où exactement. Et cette maison, où vous les avait retrouvés, leur appartenait ?

– Il semble que oui, la maison était louée par la famille. Avant le démarrage des fouilles, on avait dû faire une recherche dans les registres. Cette fouille était nécessaire car les propriétaires actuels avaient découvert une construction un peu bizarre, une sorte de citerne qu'on peut dater du XIII siècle.

– Oui, c'est tout à fait envisageable, l'eau manquait à cette époque, il n'était pas rare de construire ces puits urbains à l'intérieur des maisons pour capter l'eau.

– C'est ce que nous pensons.

– Bon, je vous résume l'histoire rapidement, le 4 novembre 1573, on découvre trois cadavres, cela semble compliqué mais assez vite on soupçonne qu'une affaire de famille, de succession et d'argent semble être la cause du massacre. Par contre, et c'est que retiendront les historiens du XIX siècle, à cause des écrits du chanoine Poulbriére, il s'agit d'un crime de religion et ils mettent celui-ci sur le dos du capitaine de Maleville, un chef Huguenot de sinistre réputation, mais au XIX siècle, on avait tendance à accuser rapidement les méchants huguenots et à pardonner les exactions des valeureux catholiques.

– D'autres hypothèses ont été émises ?

– Oui, en l'étudiant, la société historique et archéologique de Corrèze en a émis d'autres.

– Oui, je les ai contactés.

– Ils font un travail remarquable, imaginez que cette société existe depuis 1878 et publie des articles sur des sujets très divers depuis cette date. Bon, pour revenir à notre sujet, lors du procès on a mis en accusation des domestiques. Des membres de la famille ont eu un rôle assez troublant, et notamment Charles de Courson, l'un des cousins de Guyot.

– Vous avez dit Charles de Courson ?

– Oui, pourquoi ?

– Il était à cette époque le locataire de la maison de Blanat !

En reprenant le train, quelques heures plus tard, Véronique était troublée par cette coïncidence, l'archiviste lui avait décrit la présence sur les lieux, de ce parent du sieur de Blanat, son insistance pour mener l'enquête et le rôle assez trouble qu'il avait joué par la suite, qui avait été consigné par le lieutenant de police de l'époque.

Elle avait téléphoné, une semaine auparavant, à une collègue du service qui s'occupait de la carpologie, c'est-à-dire l'étude des graines, germes et nature de sol qu'on pouvait trouver sur les sites. Par acquit de conscience, elle lui avait demandé d'examiner les squelettes pour savoir si on pouvait préciser ou découvrir quelque chose qui pourrait l'aider à reconstituer les événements. Elle se décida à la rappeler.

– Salut Marie-France, tu as pu avancer ?

– Oui, c'est assez facile de comprendre qu'ils ont été déplacés de lieu.

– C'est-à-dire ?

– Ils ont été ensevelis dans un autre endroit puis déplacés sur le site où vous les avez retrouvés. On trouve des résidus de terre qui ne rentrent pas dans la composition du sous-sol, et des graines qui proviennent d'un autre lieu. Une idée de leur identité ?

–Une petite idée, Marie–France, mais il me faut un peu plus d'éléments.

Chapitre 7 : Château de Blanat, le 5 novembre 1573

Il avait fallu dormir sur place, impossible de rentrer sur Martel, et il restait de nombreuses personnes à interroger. Aymar se remémorait les interrogatoires des chambrières la veille, et il percevait que quelque chose lui échappait. Leurs dires avaient été confus et il ressentait bien qu'elles dissimulaient des éléments importants.

Elles avaient vu dans la journée arriver le receveur des rentes, avaient préparé un repas rapide pour leur seigneur et pour celui-ci, puis avaient porté à la demoiselle du château dans sa chambre un peu de soupe. Ensuite Guyot leur avait dit de se retirer dans leur galetas pour la nuit et de ne le déranger sous aucun prétexte. Il devait continuer à travailler une partie de la nuit.

Pourquoi avait-on retrouvé Gabrielle de Rilhac dans la cuisine, alors que les servantes l'avaient vu avant le drame dans sa chambre ?

Il les avait interrogés sur ce fait bizarre, et elles avaient répondu séparément la même chose. Elle ne quittait plus guère sa chambre, étant très faible de par son état.

Oui, elles avaient entendu du bruit, mais le seigneur leur avait bien dit de ne pas le déranger et de ne pas quitter leur chambre durant la nuit.

Oui, les portes avaient été fermées par le seigneur lui-même qui avait gardé les clés.

C'est en se levant le matin de bonne heure qu'elles avaient aperçu les corps ensanglantés dans la cuisine et avaient crié pour alerter les habitants du bourg.

Oui les portes étaient ouvertes, en tout cas celle de la cuisine qui donnait sur l'extérieur. Elles avaient essayé de trouver les autres domestiques, mais deux avaient disparu, les dénommés Jean Meynard et Pierre Vergnas, seul le palefrenier, le dénommé Esclauze, avait accouru et était ensuite parti chercher du secours.

Ces domestiques absents étaient soupçonnés de meurtres, mais Aymar savait aussi que certaines blessures n'avaient pu être portées par eux, puisqu'ils ne devaient pas savoir manier des armes, ni même en possédaient. Complices, témoins ayant pris peur ? Il fallait tirer cela au clair. En tout cas, Pierre de Courson ne s'était pas privé d'accuser immédiatement les deux disparus et de réclamer leur arrestation.

Il restait beaucoup de dispositions à prendre, criant après son greffier, il lui dit.

– Il faut prendre les dispositions pour ensevelir les corps ce matin. Nous avons les dépositions des trois chirurgiens et elles concordent. Nous continuerons les interrogatoires de toutes les personnes, nous ferons l'inventaire des biens puis nous prendrons les sécurités pour les préserver.

– À ce sujet, messire, impossible de mettre la main sur les clés des coffres qui se trouvaient dans la salle haute. Il va falloir aller chercher un serrurier.

– Envoie quelqu'un et rejoins-moi, nous allons continuer à interroger et à consigner dans le cahier des inquisitions (19).

Installé dans la pièce de la veille, Aymar fit défiler les autres témoins.

Ainsi se présenta, Marguerite, une parente éloignée du notaire.

– J'ai entendu, vers 7 heures du matin, un grand bruit et une rumeur au château. Il faisait presque jour. Je suis montée avec plusieurs autres et on a vu les corps. Je me suis aperçue que la bague d'or que la demoiselle avait à son doigt médical (20) avait disparu.

– Pourquoi, tu crois qu'elle a été volée ?

– Elle l'avait toujours au doigt, je l'ai donc pensé tout de suite.

---

[19] Ainsi était nommé le cahier des interrogatoires.
[20] Cela désignait à l'époque l'annulaire.

– T'es-tu aperçue de quelque chose d'autres ?

– Oui, du désordre comme si on avait fouillé les pièces.

– Quand as-tu vu pour la dernière fois les valets Jean Meynard et Pierre Vergnas ?

– La veille du drame, ils étaient descendus à Saint Michel pour y prendre quelques provisions.

– Le lendemain matin, tu les as aperçus ?

– Non, ils n'étaient point présents.

– Où dorment-ils d'habitude ?

– A l'intérieur, dans le grenier, en plein hiver. Le reste du temps dans une des granges.

– Les servantes ont déclaré qu'ils ont dormi cette nuit-là en dehors du château dans une des granges.

– Par ma foi, ce n'était pas courant ces derniers mois. Le seigneur, par ces temps de guerre, faisait dormir le plus de personnes possible dans la demeure.

Vint ensuite la mère de Marguerite, Catherine, la veuve d'un paysan.

– Oui, messire la demoiselle Gabrielle de Blanat respirait encore au petit matin et gémissait.

– Et les autres ?

– Pour sûr, ils étaient morts, et fort enflés de leurs blessures.

Jacques, un natif de la commune de Saint Projet lui déclara :

– Oui, le sang sortait de la bouche de la demoiselle, elle semblait encore vivante mais elle respirait faiblement. Son mari avait expiré depuis longtemps, il était froid.

Le tisserand de Saint Michel précisa aussi :

– Les chambrières ont crié le matin et lorsque je suis arrivé, j'ai vu que le seigneur avait à sa tête une grande plaie, et le dit Pierre, le receveur, avait la gorge ouverte.

La femme du notaire, Antoinette termina la série des interrogatoires faites par Aymar.

– J'allais à la fontaine, lorsque j'entendis crier « à justice » et avant que je découvre les trois corps, la cuisine était déjà remplie des habitants de Saint Michel. Une personne m'a dit que la demoiselle était vivante. Je me suis approchée du corps, mais j'ai constaté qu'elle ne vivait plus, même si celui-ci était encore chaud.

Ayant ainsi recueilli tous les témoignages, il se faisait une idée plus précise de la séquence des événements. Son greffier vint le trouver.

– Messire, j'ai terminé les écrits, mais nous ne savons toujours pas qui les a tués.

– Non, Pierre, mais nous savons maintenant qu'ils étaient plusieurs et qu'on a voulu transformer la scène du crime.

– Pourquoi, dites-vous cela ?

– On a voulu nous faire croire qu'ils avaient tous été tués durant leur sommeil, et dans la même pièce, de sauvage façon par une bande de mercenaires, le vol et la rapine étant leurs mobiles. Mais les traces de sang retrouvées dans la salle basse prouvent qu'un des deux hommes, certainement le receveur, est mort d'un coup de pistole dans cette pièce, on a ensuite transporté le cadavre dans la cuisine. On a pris beaucoup de précaution pour dissimuler la vérité.

Chapitre 8 : Toulouse, août 2004.

L'institut médico-légal de Toulouse était inséré dans le complexe de l'Hôpital de Rangueil. Ce centre hospitalier implanté en haut de la colline de Perch-David, surplombait la ville de Toulouse d'une centaine de mètres, et en arrivant devant la façade, Véronique ne put s'empêcher d'admirer la ville rose.

L'activité de cet institut était multiple, autopsie, examen des victimes, détention des gardés à vue malades. Le service des examens osseux, que Véronique venait voir aujourd'hui, avait été contacté par elle, pour avancer sur l'étude des trois squelettes de la maison de Blanat.

Ce service était le parent pauvre de l'hôpital, les moyens mis à sa disposition étaient dérisoires malgré le surcroît de travail depuis plusieurs années. Les locaux étaient vétustes, l'éclairage faible, et la chaleur souvent forte dans les mois d'été par manque d'un système correct de climatisation. Le praticien qu'elle allait rencontrer, lui avait indiqué par téléphone qu'elle pouvait venir le voir dans ses locaux sans problème, malgré la chaleur des derniers jours, puisqu'il avait fait installer à ses frais un climatiseur. Elle lui était d'ailleurs reconnaissante d'avoir pris de son temps pour les examiner, mais cela semblait l'intéresser et le sortait de l'activité quotidienne, et souvent difficile, de son métier.

Elle avait été au bout de ses connaissances pour l'étude des restes humains, en découvrant le sexe, l'âge supposé et certaines caractéristiques, mais pour un examen plus approfondi, elle avait fait appel à un médecin spécialisé.

Philippe Legal venait à sa rencontre dans le long couloir qui menait à l'institut.

– Bienvenu dans nos somptueux locaux.

– Il est vrai, docteur, que notre centre de recherches archéologiques est un palace comparé à vos locaux.

– Appelez-moi Philippe, vous savez on ne se plaint pas trop, heureusement nous formons une entité très soudée et l'ambiance entre collègues est bonne. Ce qui nous permet de supporter certains problèmes dont celui des locaux qui s'apparentent plus à des placards qu'à des bureaux.

Ils pénétrèrent dans une minuscule pièce juste équipée d'un bureau et de deux chaises qui le remplissaient complètement avec heureusement un climatiseur installé près du plafond et qui maintenait une température agréable.

– Bon, voici mon rapport sur les trois squelettes, mais je vais vous faire un résumé rapide de mes observations.

– Merci encore pour la rapidité de votre examen.

– Ne vous inquiétez pas, cela m'a permis de faire autre chose, la plupart du temps, mes examens portent sur des cas récents ou datant tout au plus de quelques années, des cadavres putréfiés, désarticulés ou carbonisées. Et puis vous avez fait une bonne partie du travail, notamment les examens anatomiques et les études précises de chaque élément. J'ai donc complété par les radios, les prélèvements et le scanner.

– J'espère ne pas m'être trompée dans mes premières analyses.

– Non, pas du tout, les âges que vous aviez indiqués ont été confrontés à l'étude des âges osseux et dentaires, j'ai estimé aussi une taille des trois individus et enfin quelques précisions sur l'origine biologique, même si ce n'est toujours pas facile d'être précis.

– Cela me semble parfait !

–Commençons par la femme, je dirais la jeune fille, environ vingt ans, 1 mètre 50, pas de carence particulière, on peut supposer que l'alimentation était correcte, pas de séquelles liées à des travaux physiques importants, tuée par des coups nombreux et je dirai un objet lourd en bois, le métal aurait laissé des traces différentes sur les fractures. Une blessure dans la cavité de l'œil que l'on peut attribuer à un carreau d'arbalète de l'époque, en métal. Origine européenne. Le traçage du visage par notre logiciel nous donne un visage régulier et des traits fins. L'analyse de certains éléments ADN nous confirme une origine de « blancs européens » comme pour les deux autres squelettes. Mais elle fait partie d'une branche italo celtique (21), alors que les séquences

---

²¹ Origine du Caucase, invasions par vagues successives des régions de

des deux autres les apparentent à une branche gasconne ibérique (22). Ces deux haplogroupes, enfin ces deux populations génétiques, sont courantes dans cette région. Dernier point et non des moindres, l'ADN a été endommagé par la présence d'arsenic d'origine inorganique en quantité importante.

– De l'arsenic inorganique, donc injecté dans la nourriture ou dans une boisson.

– Oui, et qui semblerait l'avoir été depuis un certain temps.

– Cette substance a été détectée dans les autres squelettes ?

– Non, absolument pas ! Alors le premier corps découvert, homme, âge 35 à 40 ans, 1 mètre 65, mort par balle, de gros calibre certainement employé à l'époque pour les armes à feu. Comme vous le pensiez, on lui a tranché la gorge, certainement un poignard. Il reste des traces sur l'os hyoïde. Aucune autre blessure par balle, par coup d'épée ou de poignard. Il reste à expliquer ces coups et blessures, eux aussi portés par un objet, mais ils n'ont pas pu provoquer la mort car les fractures constatées ne sont pas mortelles.

– Et pour le dernier corps ?

– Homme 25 à 30 ans, 1 mètre 60, sept à huit blessures toutes faites par un objet tranchant, je dirais un poignard, plus exactement une cinquedea.

– Une quoi?

---

l'Europe et de l'Italie. Très présente dans le sud-est de la France.
[22] Origine Espagne, s'est répandue ensuite dans le sud-ouest de la France.

–C'est une arme d'origine italienne dont le nom provient de la largeur de « cinq doigts » de la lame à sa base. Très bien équilibrée, la lame est une redoutable arme d'estoc. La cinquedea était portée en général horizontalement dans le dos, aussi bien par les nobles, alors richement décorée et ouvragée, que par les spadassins et les assassins pour son efficacité et sa facilité à cacher. Au vu des lésions sur les os, on s'est acharné sur le corps, même après sa mort, puisqu'au moins quatre blessures ont pu provoquer la mort.je vous avoue que j'ai dû chercher longtemps avant de trouver l'arme probable. Pour les coups, peu profonds, pas de véritables lésions, des fractures plus ou moins importantes.

– Bizarre, je ne comprends pas. Même si vous confirmez toutes mes premières analyses et mes hypothèses. Qu'en pensez-vous ?

– Eh bien, là je vais commencer les conclusions induites par l'étude médico légale des corps. Vous avez plusieurs assassins qui sont intervenus avec des armes différentes, masse de bois et arbalète pour la femme, arme à feu et poignard pour l'homme plus vieux, et cette cinquedea pour le second. Reste à résoudre le problème de l'arsenic pour la femme, car je peux vous dire que la quantité qu'on peut estimer aurait suffi à la tuer avec le temps.

– Il est vrai qu'il nous est impossible d'affirmer que les meurtres ont été commis au même moment.

– Je ne voulais pas dire qu'ils avaient été tués sur une longue période, pas du tout. On peut situer les meurtres sur une période de quelques heures.

– Comment vous pouvez le dire ?

– J'ai analysé des bouts de morceaux microscopiques de tissus retrouvés sur les corps, certainement des linceuls, origine identique et âge identique, on peut donc en conclure qu'ils ont été enterrés en même temps, donc les meurtres ont été perpétrés sur une courte période.

Le lendemain, les corps furent inhumés, dans leurs linceuls, près de la chapelle, après une courte cérémonie auxquelles tous les écuyers et les habitants de Saint Michel participèrent.

Aymar Duboys et son greffier marchaient tranquillement dans la cour et faisaient le point de ce qui restait à faire.

– Nous devons terminer l'inventaire complet des biens présents, il faut aussi que j'aille interroger les deux palefreniers de la maisonnée qui viennent d'être arrêtés par le sieur Jean de Peyrat.

– Que pensez de ces deux domestiques, messire.

– Rien pour l'instant, au nom de quoi, ce parent de Gabrielle de Rilhac a-t-il fait incarcérer ces personnes et pourquoi ? Ce jean de Peyrat m'a l'air d'avoir récité la leçon de son maître. Il est le neveu par alliance de Jean de Rilhac, le père de la demoiselle. Je vais d'ailleurs ordonner leur transfert à la prison de Martel.

Il est vrai que la famille de Jean de Rilhac s'était fortement manifestée, d'abord Robert sieur de Chambon qui représentait le père de Gabrielle et qui avait manifesté le désir d'être présent pour toutes les opérations d'inventaire. Puis Jean Peyrat, le cousin de Gabrielle qui avait informé Aymar de l'arrestation de ces deux serviteurs de Guyot de Blanat.

– J'ai l'impression qu'on veut nous forcer la main et nous faire croire à une voie toute tracée de ces meurtres, mais seuls les faits sont importants, précisa Aymar à son greffier.

– Que pensez-vous de l'inventaire que nous avons commencé messire ?

– Ne trouves-tu pas étrange ce que nous avons découvert ? En premier, nous avons dû faire appel à un serrurier pour ouvrir les coffres, pas de clé. Ensuite peu d'argent était présent ceux-ci mais si le receveur était là, c'était bien pour apporter au sieur Guyot l'argent de ses rentes. De plus, aucun livre de comptes retrouvé, tout a disparu. Comment croire que le seigneur ne tenait pas ses comptes, alors qu'il travaillait le jour de son assassinat avec son receveur ? Ensuite, on retrouve les clés du coffre en dessous du lit de la chambre basse, là ou semblait dormir Gabrielle de Rilhac, alors que nous avions déjà fouillé cette pièce et n'avions rien retrouvé.

– Mais messire, nous avons peut-être mal regardé, c'est le notaire qui les a retrouvés !

– Oui, mais c'est une découverte miraculeuse ! Et puis cette maladie depuis plusieurs semaines de la demoiselle de Blanat qu'on voudrait nous faire passer pour une grossesse, alors que les chambrières semblent l'ignorer, et qui est certainement dû à de l'arsenic. Il faut que je les interroge de nouveau. De plus de par son état de détresse, je n'ai pas mené l'interrogatoire de la femme de compagnie de la demoiselle.

Aymar se rendit dans la petite chambre du troisième étage, où se reposait la dame de compagnie.

– Le bonjour Madame, je souhaitais vous poser quelques questions sur les événements de ce drame funeste, maintenant que vous allez un peu mieux.

– Messire, je n'ai rien vu, je dormais dans cette chambre, la nuit du drame, et quand je pense que j'aurais pu être aussi occise par des personnes, j'en tremble encore.

– Quelle était l'origine de la maladie de la demoiselle, que vous serviez en tant que dame de compagnie, une grossesse ?

– Oh non, elle me l'aurait précisé malgré son état de fatigue, rien ne pouvait en indiquer les raisons.

– Un médecin est-il venu la visiter ?

– Non, le seigneur de Blanat s'y opposait en disant que cela passerait, il lui avait d'ailleurs trouvé des fortifiants qu'il allait chercher chez un apothicaire et qu'il demandait aux chambrières de mélanger aux soupes de la dame.

– Elle s'alimentait avec le reste de la maisonnée ?

– Non, elle mangeait seule dans sa chambre, trop faible pour descendre à la salle basse où l'on servait les repas.

– Depuis combien de temps était-elle dans cet état ?

– Trois à quatre semaines, mais son état s'était amélioré depuis que son père, le seigneur Jean, était venu la voir quelques jours auparavant.

Elle allait ajouter quelque chose mais se retint. Aymar s'en aperçut et ajouta :

– Que s'est-il passé ce jour-là ?

– Le seigneur Jean s'en est pris à messire Guyot en lui disant que s'il arrivait quelque chose à sa fille, il lui en coûtera beaucoup et qu'il le ferait juger. J'ai surpris la conversation, parce que je me rendais à la chambre de la demoiselle pour la retrouver et rester en sa compagnie. Puis il est allé voir les chambrières en me bousculant au passage et je l'ai entendu crier après celles-ci en leur disant que s'il arrivait quelque chose à leur maîtresse, il les ferait emprisonner et pendre.

– Mon greffier va écrire votre témoignage.

Aymar se rendit ensuite dans la cuisine, où devaient se trouver les servantes, il les trouva en compagnie d'un noble, qu'il reconnut comme étant Pantaléon Robert de Ligneyrac, très lié à la famille des Rilhac. Il était là certainement pour représenter la famille Rilhac, et il se mit immédiatement à accuser des personnes.

– Il s'agit sans nul doute d'une tuerie commise par ces huguenots.

– Et comment pouvez-vous l'affirmer ?

– C'est la façon d'agir de ces assassins.

– Peut-être, mais difficile d'expliquer le meurtre de la demoiselle par cette cognée, alors que les autres ont été tués par un pistolet pour l'un et le sieur Guyot par une cliquedea, tient comme celle que vous portez dans votre dos.

— Comment osez-vous ?

— J'ose pour bien vous faire comprendre que pour l'instant, nous ne pouvons rien conclure, et que l'enquête continue.

— Et pourquoi, le lieutenant général Jean de Linars n'est-il pas présent pour la conduire ?

— Il est absent pour plusieurs jours. Laissez-nous messire, je souhaite interroger les chambrières.

Il partit tout en jetant un regard sévère. Après Charles de Courson, le sieur Pantaléon était tout aussi arrogant et discourtois. Aymar, maintenant seul avec les chambrières, leur dit :

— Si vous ne dites pas la vérité, je vous ferai arrêter et interroger par mes sergents, inutile de vous dire qu'il ne s'embarrasse pas de précaution.

Cette mise en garde rapide comme entrée en matière eut le mérite immédiat de les mettre dans des dispositions positives pour répondre à ses questions. Il démarra par une mise en accusation.

— Vous avez empoisonné votre maîtresse !

— Non, messire, nous avons répondu aux ordres de notre seigneur, lui dit Maurette.

— Vous savez que la potion qu'il vous demandait de mélanger à la nourriture était la cause de sa maladie !

– Non, non, au début il nous avait dit que c'était de la sauge (23) qui permettrait à son épouse d'être enceinte. Mais après un certain temps, elle est devenue malade et cela empirait, précisa Antoinette. Nous lui en avons parlé mais il nous a dit que nous étions des sottes, et si jamais nous en parlions à qui que ce soit, nous serions accusés de sorcellerie.

– Vous avez, pourtant, été accusé par le père de votre maîtresse.

– Oui, mais nous lui avons dit que ce n'était pas de notre faute et que nous obéissons aux ordres de notre maître.

– Vous lui avez dit pour la décoction que vous deviez mélanger à la nourriture ?

– Nous avons dit que nous lui donnons des fortifiants que notre maître s'était procurés.

– Comment se comportait votre maître avec son épouse avant la maladie ?

– Il disait qu'elle ne lui attirait que des ennuis et ne savait pas lui donner des héritiers.

– Et que disait-elle ?

– Elle pleurait, la pauvre, elle lui disait qu'elle n'était pas responsable de cela et ne savait quoi faire.

– Comment se comportait-il avec vous ?

---

²³ Très utilisée à partir du moyen âge pour soigner diverses maladies.

– Il était méchant et avare de ses sous, il nous retirait toujours quelque chose de nos gages sous prétexte de fautes que nous n'avions pas commises.

– Et les valets Jean et Pierre ? Que faisaient-ils la nuit des meurtres ?

– Ils dormaient en dehors du château.

– Quand arrivaient-ils pour prendre leurs services et recevoir les ordres du seigneur.

– Le matin, très tôt, précisa Antoinette.

– Et ce jour-là ?

–Ils ont dû arriver plus tôt, mais quand nous sommes descendus de notre mansarde, et que nous avons découvert les corps, nous ne les avons pas vus.

– Et qu'en avez-vous pensé?

–Qu'ils avaient eu peur en voyant les corps des maîtres et descendaient chercher des secours, ajouta Maurette.

Chapitre 10 : Brive la Gaillarde, novembre 2004.

Véronique se rendait à la société historique et archéologique de Corrèze. Celle-ci continuait son activité de recherches, de publication et de documentation de l'histoire et de la préhistoire de la région. Ses milliers de livres et de documents étaient un précieux atout pour les archéologues.

La société avait publié en 1999, un texte sur les meurtres de Blanat qu'avait consulté Véronique et qui lui avait fourni de nombreux renseignements. Mais il existait toujours des éléments que l'on ne mentionnait pas dans une conférence et une publication, c'est ce que voulait connaître Véronique. Elle avait rendez-vous avec Jean-Michel Pertier, son secrétaire général qui s'était montré enthousiaste lors de leur entretien téléphonique, lorsqu'elle avait exposé les faits et les hypothèses sur les squelettes. Elle pénétra au 6 de la rue Jules Ferry et attendit son correspondant.

Le secrétaire de la société s'avança vers elle et lui serra chaleureusement la main.

– Content de faire votre connaissance, et merci d'être venu et de me commenter vos recherches archéologiques. Inutile de vous dire qu'on a parlé de votre découverte et de votre travail lors de notre dernière assemblée. Quant à moi, je me suis intéressé depuis longtemps à la commune de Saint Michel de Bannières et à son histoire. Savez-vous qu'elle est connue depuis l'époque romaine de par une source thermale. Et ces meurtres du château avoisinant ont toujours passionné notre société par leur mystère et les questions demeurées sans réponses à ce jour.

– Eh bien, nous pensons que les trois corps découverts dans le sous-sol d'une maison à Martel, sont les trois personnes assassinées le 4 novembre 1574. Les blessures que vous avez décrites dans votre publication grâce aux témoignages consignés dans le livre des inquisitions correspondent parfaitement à l'enquête médico légale, en plus des autres indices concordants, la datation, une femme et deux hommes d'âge identiques aux victimes. Reste à expliquer le fait que les corps ont été déplacés d'endroit pour être enterrés dans cette maison de Blanat qui était occupée par Charles de Courson, l'un des parents de Guyot.

Véronique lui fit un résumé complet et exhaustif des fouilles et des analyses faites sans rien omettre et en précisant les points qui restaient à éclaircir.

– Vous ne semblez pas partager l'avis des historiens du XIX qui attribuaient le meurtre au capitaine Huguenot, le capitaine de Maleville.

– Non, il doit s'agir d'une homonymie, il ne peut être question du capitaine de Maleville qui a certes existé mais qui ne semble pas être à l'origine de ces meurtres. Il s'était emparé du château de Thégra à 30 kilomètres de là, difficile d'imaginer qu'il organisait un meurtre presque au même moment à Blanat. Il y avait une autre branche de la famille des Maleville dans la région dont un cadet qui se dénommait Antoine. De toute façon, on a voulu après quelques années faire croire à un crime de religion, alors qu'à l'époque des faits, on penchait plutôt pour une sordide histoire d'héritage.

– Le couple n'avait pas d'héritier ?

– En fait, ils avaient eu un fils mais mort très jeune. Au moment des faits, ils étaient sans descendance.

– Les examens de la médecine légale montrent des armes diverses.

– Les écrits en font mention. Des armes qui ne pouvaient pas être aux mains d'une seule personne et qui font penser à plusieurs meurtriers.

– On a vite considéré les domestiques comme complices.

– Oui, mais cela ne tient pas la route, prenons le cas des chambrières accusées d'être des complices des meurtres. Pourquoi ? Ne pouvant se défendre, il était facile de les mettre en prison, et sans avocat pour plaider leur cause. Il était facile de les accuser.

– Et les serviteurs ?

– C'est vrai qu'ils s'étaient enfuis dès le premier jour, mais comment expliquer que l'un d'entre eux, Pierre Vergnas a ensuite été pris comme domestique par le seigneur Jean Peyrat, le cousin de Gabrielle de Rilhac. Prendre à son service le meurtrier de sa cousine ? Difficile à imaginer !

– Comment expliquer la présence en quantité importante d'arsenic dans les os de la femme ?

– Un mystère de plus, aucun écrit n'en parle, mais nous savons qu'il manque des archives qu'un chanoine avait consultées au XIX siècle. Celles-ci, semble-il, ont corroboré la thèse d'un crime de religion. Mais nous n'avons plus de traces de ces archives.

– Vous pensez que les trois crimes ont été commis pour des raisons autres que la religion ?

– Pas impossible du tout, cela permettrait d'expliquer les incohérences.

– Au fait, j'ai lu avec attention les documents retrouvés sur les inventaires faits lors de l'enquête, et quelque chose me gêne.

– Vous allez me dire que le fait de ne pas avoir trouvé de livres de compte et d'argent est étrange ?

– Oui, répondit Véronique en souriant, qu'en pensez-vous ?

– Je pense que le vol semble être le mobile des meurtres. La fortune de Guyot de Blanat était importante, et devait se savoir dans la région. Il devait avoir aussi de nombreux débiteurs parmi les nobles qui avaient besoin d'argent pour continuer la guerre dans leurs fiefs.

– Admettons que le vol soit le mobile, mais les livres de compte, pourquoi ont-ils disparu ?

– En bon marchand, Guyot devait prendre des garanties, ou plus exactement des reconnaissances de dettes adossées à des titres et des domaines ! Cela devait être consigné dans un livre qu'il gardait. Les meurtriers pouvaient être certains de ses débiteurs.

– Ceci peut expliquer les assassinats, mais j'ai lu que vous vous posiez encore des questions.

– Admettons que les meurtres des deux hommes soient le fait de la parenté, cela tient la route mais pourquoi une telle sauvagerie, il fallait vraiment que la haine soit forte entre les membres de la famille. Si le clan des Rilhac est à l'origine, pourquoi avoir assassiné l'une des filles de Jean de Rilhac. Les servantes et les domestiques qui auraient tué ? Impossible au vu des armes utilisées. Alors ?

– Il reste à expliquer pourquoi l'épouse de Guyot était encore vivante au moment de la découverte du drame par les servantes. On avait pris soin de porter les coups et les blessures aux deux hommes pour qu'ils n'en réchappent pas et on laisse la femme encore vivante, alors que le drame pouvait être découvert avant qu'elle ne meure et donc puisse témoigner.

– Encore une bonne question, et bien sûr une incohérence.

– Ils sont découverts dans la cuisine.

– Oui, cela accrédite le fait qu'une bande armée les surprend en pleine nuit et les tue. Mais j'ai des doutes sur le fait que la femme dorme dans la cuisine. Les chambres possédaient des cheminées que l'on pouvait faire fonctionner. Lors des témoignages des chambrières, elles n'ont pas déclaré avoir entendu du bruit. Pourtant en pleine nuit, un triple assassinat a dû en provoquer.

Chapitre 11 : Château de Blanat, le 7 novembre 1573

Aymar regarda un pâle soleil d'automne se lever. Les formalités de l'enquête se terminaient, il allait rentrer à Martel après avoir fait poser les scellés sur les lieux, notamment sur les coffres et les chambres, et continuer son enquête en interrogeant les deux domestiques qui avaient été arrêtés par le cousin maternel de la demoiselle, Jean Peyrat. Il avait aussi envoyé des sergents sur les routes aux alentours pour savoir si les habitants n'avaient pas aperçu des cavaliers ou des étrangers durant le drame, mais cela n'avait rien donné.

Occupé avec son greffier à faire la liste des documents qu'ils devaient emportés à Martel, un groupe de cavaliers pénétra dans la cour. Aymar reconnu parmi eux Messire Jean de Rilhac, chevalier de l'ordre du Roy, sieur de Nozières baron de Saint Martin et bailli de Salers. Restant sur son cheval, il s'avança vers eux.

– Bonjour lieutenant, je suis venu prendre possession des lieux au nom de ma fille et de mon gendre que l'on a assassinés et m'assurer que le nécessaire est fait.

– Bonjour Messire, ne sachant pas si vous seriez présent sur les lieux rapidement, j'ai dû procéder à l'inhumation des corps près de la petite chapelle.

– Je vous demande l'autorisation de procéder au désenterrement de ma fille, je souhaite qu'elle soit autopsiée par des chirurgiens car je la suppose avoir été enceinte au moment du crime.

Jean de Rilhac s'imposait déjà en maître de la demeure, Ces propos étaient courtois mais fermes, et Aymar pensa qu'il ne pouvait s'opposer à cette demande.

– Bien sûr Messire, il en sera fait ainsi mais je souhaite y assister et mon greffier fera un rapport consigné dans les papiers de l'enquête.

– Bien, je vais faire quérir deux chirurgiens et nous ferons ainsi, je souhaite aussi procéder à l'inventaire des meubles et des biens.

– Cela a déjà été fait et tout a été consigné.

– Je ne veux pas remettre en cause votre travail, mais je ne fais pas confiance aux personnes qui vous entourent, je veux donc que l'on recommence le travail et que l'on compare à votre liste.

– Nous le ferons en votre présence.

Aymar se demanda pourquoi ce seigneur voulait recommencer l'inventaire, manifestement l'un de ses représentants et certainement Pierre Pestels, son homme de confiance qui était arrivé deux jours auparavant et qui voulaient au nom des Rilhac participer à l'inventaire, lui avait fait un rapport détaillé la veille quand il était reparti des lieux. Ce qui pouvait laisser supposer que des biens ou des papiers dont Jean de Rilhac connaissait l'existence avaient disparu. Acceptant sa demande, Aymar pourrait ainsi observer de près les réactions de ce seigneur.

Les autres écuyers et les membres de la famille de Guyot s'étaient approchés et gardaient le silence, manifestement ils étaient impressionnés par le seigneur de Rilhac et ils ne devaient certes pas s'attendre à son arrivée rapide. Ils devaient déjà comprendre que leur prétention à vouloir s'accaparer des richesses de leur parent Guyot, ne serait pas aussi aisée qu'ils l'avaient imaginée.

— Je ne veux pas que ces personnes présentes nous accompagnent, ils ont déjà eu tout le temps pour étudier de près les richesses de ma fille mais celles-ci resteront dans notre famille.

Ainsi, les choses étaient clairement établies par Rilhac, seul Aymar lui répondit.

— Attendons la fin de l'enquête et le procès avant de conclure, messire.

Ils se rendirent au château et l'inventaire reprit en commençant par les coffres, qui furent cette fois-ci ouverts grâce aux clés que l'on avait retrouvées la veille au soir.

Jean de Rilhac parut surpris et ne put s'empêcher d'intervenir

— Je pensai que vous aviez fait intervenir un serrurier pour les ouvrir.

— Exact, mais nous les avons retrouvées hier !

— Et où se trouvaient-elles ?

— En dessous du lit des époux, dans la chambre basse.

La mine stupéfaite du seigneur de Rilhac n'échappa pas à Aymar, cela lui confirmait que c'était bien son homme de confiance qui l'avait averti, puisqu'il était déjà absent lors de la découverte des clés par le notaire.

L'inventaire repris, long et fastidieux, tout était comparé à la liste établie depuis deux jours par le greffier en présence d'autres personnes. Une fois l'inventaire des coffres terminé, Jean de Rilhac intervint.

— Je sais que mon gendre possédait des livres de compte et des documents qu'il enfermait.

— Oui, peut-être, mais nous n'en avons retrouvé aucun, ni là, ni ailleurs.

— On les a volés !

— Certainement messire, mais pourquoi voler ces livres. L'argent qui était entreposé, et qui a disparu, c'est compréhensible, mais les livres et les documents ?

– Il faut arrêter les servantes, elles les ont dérobés.

– Des servantes dérober des livres de compte et des papiers ?

– Eh bien, elles sont complices et ont aidé la famille Blanat et notamment Verdun et son complice, Antoine de Maleville.

– Vous allez vite en besogne messire. Pour les coffres, ils étaient fermés et n'avaient pas été forcés avant l'arrivée du serrurier.

– Quelqu'un possédait forcément les clés et s'en est servi puis les a dissimulés.

– Admettons, mais pourquoi voler ces livres de compte, que possédaient-ils de si important ?

Rilhac regarda Aymar mais ne répondit pas, il participa ensuite au reste de l'inventaire mais d'une façon plus détachée.

Quelques heures plus tard, une fois celui-ci terminé et comme les chirurgiens étaient arrivés, on alla vers les lieux de sépulture. Ceux–ci attendaient sagement devant les tombes, impressionnés certainement par leur tâche et par la requête d'un grand seigneur du pays.

– Procédez au déterrement de ma fille et ouvrez-la, que l'on puisse savoir si elle était enceinte.

Aymar acquiesça à la demande, mais en sachant très bien que, même s'il s'y était opposé, ceux-ci auraient de toute façon obéi aux ordres que venait de donner Jean de Rilhac.

Deux heures plus tard, le corps posé sur un tréteau que l'on avait apporté, les chirurgiens procédaient à l'autopsie. Aymar avait fait disposer certains de ses sergents pour que les autres personnes encore présentes à Blanat ne puissent voir l'acte qui était en train de se dérouler sous ses yeux. Son greffier, tremblant, semblait avoir oublié de consigner les précisions des chirurgiens, Aymar s'en aperçut mais ne dit mot. Peu importe pour l'instant, la vérité que l'on allait découvrir, le supposé état de la demoiselle ne changerait pas le cours de l'enquête.

Durant la scène morbide à laquelle assistait Aymar, un des sergents vint le quérir pour l'informer que le puissant seigneur François Robert de Ligneyrac, de Noailles, de Bazanès et de Pleaux venait d'arriver, sans aucun doute pour aider son ami Jean de Rilhac. Mais aussi de l'arrivée du neveu de Rilhac, Jean Peyrat de Jugeals, qui amenait avec lui Jean Meynard, l'un des domestiques prisonnier pour interrogatoire.

Après avoir informé son greffier, Aymar quitta l'endroit et vint accueillir les nouveaux arrivants. En chemin, il ne pouvait s'empêcher de penser que décidément ce drame attirait des personnages puissants de l'Auvergne. Car enfin si la présence de Jean de Rilhac s'imposait, que penser de l'arrivée de Robert de Ligneyrac, capitaine des gardes d'Elisabeth d'Autriche, l'épouse du roi Charles IX, chevalier de l'ordre du roi, à la tête d'un régiment de 1200 chevaux. L'un des chefs catholiques les plus puissants de la région. Il avait entraîné ces dernières années, toute sa famille dans sa lutte, et noué des alliances dans toute la région pour conduire la politique du roi de France. Allié au prince de sang des bourbons, François de Bourbon, duc de Montpensier, qui était depuis cette année gouverneur général du Languedoc de par la volonté du roi, il était l'un des commandants de l'armée royale et disposait d'une troupe puissante.

Il faisait actuellement le siège de la ville de Lusignan, et les chefs catholiques de la région lui envoyaient régulièrement des troupes.

Robert de Ligneyrac passa près du lieutenant de police, le salua rapidement et partit rejoindre Jean de Rilhac.

Arrivé près de Jean Peyrat, qu'il connaissait aussi de vue, Aymar regarda l'homme, très certainement le domestique, enchaîné aux mains et flanqué de deux gens d'armes au blason de la maison Rilhac.

– Bonjour messire Peyrat, je vais interroger le domestique Jean Meynard.

– Je reste pour le surveiller.

– Non, j'ai l'habitude de mener seul ou avec mon greffier les interrogatoires et inutile d'insister, sinon je serai dans l'obligation de préciser au sénéchal du roi que vous m'avez empêché de faire mon travail et de mener l'enquête et que vous entravez la justice du roi de France.

Aymar préféra de suite asseoir son autorité sur l'enquête, déjà bien faible de par la présence des gens de haute lignée. Il devait reprendre rapidement l'initiative et le faire savoir. La charge déstabilisa Jean Peyrat, il ne dit rien, et Aymar prit le domestique par le bras pour l'emmener près d'un tronc d'arbre, loin des oreilles indiscrètes pour lui parler.

– Comment t'appelles-tu ?

– Je suis Jean Meynard, un palefrenier de messire Guyot.

– Pourquoi t'es-tu enfui ?

– Je ne me suis pas enfui, j'ai été prévenir la famille de la demoiselle Rilhac !

– Où étais-tu la nuit du meurtre ?

– Je dormais dans une grange, assez loin du castel avec mon compère Pierre.

– L'autre palefrenier ?

– Oui, on dormait souvent dans une grange, sauf par grand froid, on pouvait alors s'abriter à l'intérieur.

– Ensuite, que s'est-il passé ?

– Le matin, très tôt, le jour était à peine levé, on y est retourné.

– Et ?

– La poterne (24) de la cuisine était ouverte. Cela nous a surpris, d'habitude on attend dans la cour qu'une chambrière vienne nous ouvrir. On est entré et on a vu.

– Qu'as-tu vu ?

– Les corps du seigneur et du receveur, côte à côte plein de sang, on s'est approché pour savoir s'ils vivaient encore.

– Ensuite ?

– Puis on a aperçu le corps de la demoiselle. On a pris peur et on s'est enfui.

– Pourquoi tu n'es pas été cherché du secours ?

– On était les premiers à voir les corps, Pierre m'a dit qu'on nous accuserait certainement, alors on a voulu prévenir la famille de la demoiselle.

– Et pourquoi ne pas prévenir la famille de messire Guyot.

– Messire de Rilhac nous avait dit que s'il arrivait quelque chose au château, il fallait prévenir son neveu, qui réside le plus près de Blanat. Nous lui avons obéi.

– Quand a-t-il demandé cela ?

–Il y a deux semaines, après une dispute avec notre seigneur Guyot, c'est les chambrières qui nous en ont parlé, elles avaient entendu la querelle.

– As-tu vu quelqu'un d'autre ou aux alentours du château en y pénétrant ou en sortant.

– Oui lors de notre arrivée dans la cour avant d'entrer, j'ai vu quelqu'un. Il partait en courant vers le village.

– L'as-tu reconnu ?

– Non, mais il tenait des paquets sous ses bras

---

[24] Petite porte.

– Quel genre de paquets ?

– On aurait dit des livres, comme en a notre maître.

Chapitre 12 : Brive la Gaillarde, novembre 2004.

Après un rapide repas, Véronique et Jean-Michel Pertier continuèrent leur discussion.

– À votre avis, pourquoi les deux domestiques arrêtés par le cousin de Gabrielle de Rilhac, n'ont-ils jamais été interrogés?

–Rien ne dit qu'ils ne l'ont pas été ! D'ailleurs trois jours après le meurtre, le cousin se présente au château avec l'un d'entre eux Jean Meynard, je vois mal le lieutenant de police qui mène l'enquête ne pas l'interroger. Mais ce qui semble bizarre ce que, malgré les injonctions de la sénéchaussée, le cousin continue à les garder prisonniers dans sa demeure. Les sergents de Martel, sous prétexte de ne pas avoir d'argent, ne vont pas les chercher pour les emmener à la prison alors que le procès débute quelques jours après. En fait tous les serviteurs présents sont de fait empêchés de parler ou de témoigner. Les servantes sont enfermées à Martel et Jean de Rilhac s'oppose à leur audition lors du procès sous prétexte qu'elles sont complices. Les valets sont enfermés à Jugeals, à trente kilomètres de Martel, ils ne seront jamais auditionnés. Jean de Rilhac fait aussi arrêter, plus tard, trois femmes de Saint Michel, sous prétexte qu'elles ont participé aux meurtres.

– Comment expliquer qu'il intervienne autant, pendant l'enquête ?

–D'abord il faut préciser qu'après le drame, il marie son autre fille, Françoise, au seigneur de Saint Michel, Guillaume de Cosnac. Ce Guillaume de Cosnac est d'ailleurs protestant, ce qui prouve que pour Jean de Rilhac, l'intérêt familial passe avant la religion, et je pense que Saint Michel devait représenter un intérêt stratégique pour la famille.

– Comment arrive-t-il à écarter celle de Blanat de la succession.

– Oh, très simple, c'était un homme de pouvoir. Il empêche d'abord la tante de Guyot, Marguerite, de se porter partie civile, alors que lui, le fait. Il accuse aussi les cousins et leurs alliés d'être les assassins et désigne formellement Verdun, et son ami, Antoine de Maleville, le cadet. De plus au moment du procès, ils sont en fuite.

– D'après vos recherches, il se comporte comme le chef enquêteur dès le début ?

– Pas forcément lors de l'enquête sur place, le lieutenant de police semble continuer à avoir la main, mais oui, lors du procès. En fait, il a dû s'apercevoir en arrivant, que toutes les personnes présentes étaient soit de la famille, soit des alliés de la famille.

– Pourquoi cet intérêt sur Blanat et sur Saint Michel ?

– Ces domaines font partie de la vicomté de Turenne. C'est un véritable État féodal à la suite des croisades, puis un des plus grands fiefs de France à partir du XIV siècle. De cette époque jusqu'au XVIII siècle, les seigneurs de cette région ont une autonomie complète. Ils sont tenus à un simple hommage d'honneur envers le roi et sont exempts d'impôts vis-à-vis du royaume de France. Ils agissent en véritables souverains, ils réunissent des États généraux, lèvent les impôts, battent monnaie et anoblissent. Ils forment un État dans l'État. Et le village de Saint-Michel est au cœur de ce pouvoir. Il est le point de passage obligé de plusieurs routes, et semble incontournable.

– Effectivement. Qui était le souverain à cette époque ?

– C'est là que cela devient intéressant. Il s'agit d'Henri de La Tour d' Auvergne, vicomte de Turenne. Il est né en 1555 à Joze, c'est un militaire issu de la haute noblesse. Il combat pendant les guerres de Religion au côté du duc d'Alençon puis, se convertit au protestantisme à l'âge de vingt et un ans, soit en 1576, et se range au côté du roi de Navarre, futur Henri IV de France. Il a été, à de nombreuses reprises, impliqué dans des complots fomentés contre le roi et la monarchie. En 1574, il combat déjà au côté des protestants, et le fait que des ligueurs (25) veulent créer un fief dans cet état pour le contrecarrer, c'est peut-être une explication. En tout cas, cela explique l'objectif de Jean de Rilhac et du soutien qu'il a trouvé en la personne de Robert de Ligneyrac pour s'accaparer du château et des terres avoisinantes.

– Que peut-on dire de leur rôle dans les guerres de Religion ?

---

[25] Personnes faisant partie des ligues catholiques présentent déjà un peu partout en France et dont l'objectif est de défendre la papauté de Rome et de combattre les protestants.

– Ce sont des chefs catholiques. Ils participent activement à la guerre dans la région. Celui que l'histoire retiendra le plus est François Robert de Ligneyrac. Plus tard, il deviendra l'amant de la Reine Marguerite de Valois, et l'un des chefs de la ligue catholique.

– Marguerite de Valois !

– Oui, la reine Margot, quoique je n'aime pas ce nom de Margot, inventé par Dumas au XIX siècle, et qui est encore resté de nos jours pour désigner la femme d'Henri IV, la fille du roi Henri II et la sœur des rois de France, Charles IX et Henri III. Bref, lors de sa fuite dans la région, poursuivie par l'armée de son mari et celle de son frère, le roi Henri III, elle se réfugie dans la forteresse de Carlat, dont le gouverneur est le frère de Robert de Ligneyrac. Elle tombe malade, se fait soigner et le fils de l'apothicaire de Carlat vient régulièrement lui apporter des remèdes. Robert de Ligneyrac, qui est son amant à cette époque, surprenant ce jeune homme au pied du lit de la reine, le tue sauvagement. D'ailleurs, elle prendra la fuite dès son rétablissement de peur de tomber elle aussi sous les griffes de Ligneyrac. On le soupçonne aussi d'avoir organisé un complot pour faire emprisonner l'amant de cœur de la reine, François d'Aubiac, capitaine de ses gardes et écuyer.

– Savez-vous comment s'est déroulé le procès des meurtres.

– En partie seulement, on a retrouvé quelques écrits, mais il manque des auditions.

Chapitre 13 : Martel, le 17 novembre 1573.

Aymar se promenait dans la cour de la sénéchaussée, le procès avait débuté depuis une semaine, plus rapidement que prévu. Les meurtres avaient fait grand bruit et un arrêt royal avait sommé le sénéchal de terminer le procès en trois semaines et d'en avertir la cour des jugements et sentences huit jours plus tard. Bien entendu, devant l'ampleur de la réaction, le lieutenant général Jean de Linars représentait la juridiction royale, bien qu'il n'eût point participé à l'enquête ni interrogé les témoins sur place. Comment pouvait-il se faire une idée ou avoir une intime conviction sur ces meurtres ?

Évidemment, cela tournait de plus en plus en un règlement de compte entre deux clans, les Blanat et les Rilhac, sous couvert d'un vol, ayant mal tourné. Jean de Rilhac avait réussi à être seul représentant de la partie civile, ses accusations sur les membres de la famille de Guyot avaient fait son chemin. De plus, deux des accusés, Verdun et Antoine de Maleville étaient en fuite. De même le palefrenier qui avait accompagné Pierre de la Boudie pour l'avertir, Jean Simon, dit Esclauze, lui aussi s'était enfui, que cachait-il ? Ou plus exactement qu'avait-il fait ?

Les chambrières étaient en prison, ainsi que plusieurs femmes du village de Saint Michel sous les accusations de Jean de Rilhac. Décidément ce procès tournait à la farce ou à la comédie, c'était selon.

Son greffier Pierre s'approcha de lui et dit :

— C'est une honte, messire, à part l'inventaire qui figurera au procès, on ne veut pas consigner les déclarations que nous avons retenues lors de l'enquête.

— Je sais Pierre, je sais, à part les témoignages qui vont dans le sens de la famille Rilhac. Et même déformés, car la mendiante qui couchait près du château dit reconnaître Verdun de Blanat et Antoine de Maleville comme étant les personnes qui ont pénétré de nuit, alors qu'elle ne les connaît pas. Et que dire de Jean de Peyrat qui refuse toujours de livrer les deux valets qu'il garde depuis le début de la découverte des corps. Ce procès est truqué depuis le départ, l'audition des témoins est menée à charge.

— Vous avez remarqué, messire, qu'une étrange épidémie a frappé les gens de Saint Michel, la plupart n'ont pu témoigner car malades.

— Oui, Pierre, les gens de Saint Michel ne se sont pas trompés, ils savent qu'ils risquent gros à dire la vérité qui pourrait infirmer la version que l'on veut bien nous servir. C'est une épidémie de circonstance. Au fait, as-tu consigné le rapport de l'autopsie de la demoiselle de Rilhac.

— Oui, mais je crois qu'il sera évoqué lors du procès, les chirurgiens ont bien déclaré que celle-ci n'était pas enceinte.

– Détrompe-toi ! Jean de Rilhac arrive sur les lieux du drame trois jours plus tard, il semble bouleversé mais point trop, il est déjà informé du décès de son gendre et de sa fille. Il arrive donc, quand son homme de confiance retourne l'informer que certains documents ne se trouvent pas dans le château. Souviens-toi de l'insistance du seigneur de Rilhac. Il pensait les trouver dans les coffres.

– Mais que contenaient ces documents.

– Certainement le contrat de mariage et aussi peut-être un testament car nous sommes dans le Quercy, et celui-ci est primordial (26). Imagine que suite au décès du mari, il établit comme la plupart du temps dans la région, le leg des biens et terres à l'épouse.

– Oui, mais elle est morte aussi.

–Dans ce cas, imagine que le contrat ou le testament stipule que les biens reviennent au père de l'épouse si la demoiselle était enceinte, Jean de Rilhac aurait eu un argument de poids pour asseoir sa succession sur les titres et propriété de Guyot. Malheureusement pour lui, les documents ont disparu, sa fille n'était pas enceinte. Il met en place une autre stratégie, accuse les cousins de Guyot qui n'a ni frère, ni sœur, ni parents vivants pouvant revendiquer l'héritage. Il empêche la tante de se porter partie civile, de plus dans le droit coutumier de la région, ils ont

––––––––––––––––––––

[26] Document très répandu dans le sud de la France, et notamment dans cette région. Souvent il préservait les droits de l'épouse.

peu de chance d'hériter, et il devient ainsi le seul successeur d'une fortune importante. Même si de l'argent a disparu, il reste toutes les terres et les propriétés qui sont importantes sur un plan stratégique dans sa guerre contre les huguenots.

– Pensez-vous qu'il a participé au meurtre, chuchota Pierre.

–Je le vois mal tuer sa fille. Par contre, il soupçonnait son gendre de vouloir faire disparaître celle-ci par le poison. Dans le cas où elle serait morte, le contrat de mariage ou le testament n'aurait pas été en sa faveur, les biens devant revenir à Guyot. Il le fait donc surveiller par les valets et les chambrières. Il a dû le menacer aussi, certainement en précisant qu'il ferait faire une autopsie du corps, si sa celle–ci venait à mourir et qu'il l'accuserait de meurtre. Le tuer ou le faire tuer quelques semaines plus tard semble improbable, sauf s'il était informé d'une autre manigance de son gendre.

– Vous pensez vraiment que le sieur Guyot voulait se débarrasser de son épouse?

–Oui, on peut le penser, souviens-toi des dépositions des chambrières, avant ces meurtres, il y avait déjà eu une tentative d'empoisonner la demoiselle par son époux.

– C'est à n'y rien comprendre !

– On peut par contre comprendre qu'il y avait plusieurs assassins et qui ont agi à des moments différents.

– Comment pouvez-vous l'affirmer, messire ?

–Prenons le cas de receveur, il est tué par un homme d'arme, sachant parfaitement manier le pistolet et la dague.

Meurtre froid, fait pour tuer, presque mécanique, sans passion et pour ainsi dire fait par un expert, et en fonction des armes utilisées, certainement un mercenaire, que l'on fait pénétrer dans le château par la porte. Le seul ayant pu ouvrir, c'est Guyot.

– C'est vrai. Mais alors qui l'a tué ?

– Pour lui, on s'acharne, sept blessures au total, une boucherie. Pourquoi ? Le vol n'explique pas tout, il y a aussi de la vengeance et de la haine. De toute façon, il a été exécuté par une personne différente. Est-ce Rilhac ? Ou l'un des cousins de Guyot ? Mais pourquoi les cousins de Guyot s'acharneraient sur la victime ? Et pourquoi dans la demeure, il aurait été très facile de lui tendre un piège au dehors.

– Donc, il y avait au moins deux groupes de meurtriers qui agissaient. Et Gabrielle de Rilhac ?

– Elle se lève, pénètre dans la cuisine, découvre les corps et voit quelqu'un qui ne veut pas être vue et reconnue, et celle–ci fait disparaître le témoin.

– Comment pouvez-vous l'affirmer ?

– Si les mercenaires, qu'a aperçus la mendiante, avaient commis les trois meurtres, ils se seraient servis des mêmes armes, pistoles et dagues, et auraient tué toutes les personnes présentes, y compris les servantes.

– Mais pourquoi le receveur, et pas les autres.

– Guyot a peut-être commandité le meurtre de celui–ci. Pourquoi, je n'en sais rien. Ensuite lui-même et son épouse sont assassinés par d'autres.

– Mais on a trouvé des traces de cognée sur toutes les victimes ?

– Pour brouiller les pistes, les assassins des époux ont voulu faire croire que les meurtres étaient liés, qu'il s'agissait des mêmes auteurs. Ils couchent les victimes, faisant croire qu'ils sont surpris dans leur sommeil.

– Mais pourquoi ?

– Ils cherchaient quelque chose.

– Vous pensez aux livres de compte et à l'argent.

– Oui, l'argent et les livres peuvent être le mobile, ils disparaissent à ce moment-là.

– Et les valets qui se sont enfuis ? Ce sont eux !

– Je les crois innocents, car je les vois mal emporter des papiers et des livres, ils ne savent ni lire, ni écrire, de plus je les vois mal imaginer de brouiller une scène de crime. Et puis, comment auraient-ils pu transporter tout cela et avec quels moyens. Non, ils ont dû arriver juste le matin et se sont enfuis prévenir le cousin de la demoiselle, comme le leur avait ordonné Jean de Rilhac.

– Et le rôle des deux chambrières ?

– Elles ont peur, peur qu'on les accuse de complicité de meurtre sur la personne de Gabrielle de Rilhac, puisqu'elles ont ajouté, sans le savoir, le poison dans les aliments. Mais ce n'est qu'après les accusations du père qu'elles ont compris leur rôle involontaire. Et malgré les bruits, elles ne sortent pas de la pièce, respectant en cela les consignes qu'a données Guyot.

– Et ce palefrenier, Esclauze, pourquoi s'est-il enfui ? Un complice ?

– Peut-être, il dormait à l'extérieur du château, les témoignages l'attestent, mais je ne comprends pas qu'il ait pu avoir les clés, alors qu'il dormait dans une grange à l'extérieur. Cependant il a dû voir quelque chose ou plus exactement quelqu'un.

– Peut-être Verdun de Blanat et Antoine de Maleville ?

– Alors il serait venu témoigner, puisque c'est le plat qu'on veut nous faire manger. Non quelqu'un d'autre dont il a peur, et il a voulu disparaître pour ne pas être inquiété.

– Qu'allez-vous faire, messire ?

– Eh bien, puisque ma présence n'est pas désirée pour ce procès, je vais en profiter pour continuer l'enquête discrètement.

Véronique décrocha à la première sonnerie du téléphone de son bureau, elle rédigeait le rapport définitif sur les trois squelettes avec l'ensemble des faits qu'elle avait pu recueillir.

– Bonjour, Philippe Legal du service médico-légal.

– Bonjour, comment allez-vous, je termine mon rapport.

– Bien, mais je vais vous envoyer un complément. Quelque chose me disait que j'avais loupé quelque chose et j'ai procédé à un examen complémentaire sur les restes des cadavres, vous allez être surprise. D'abord, je confirme bien une autopsie post mortem pratiquée sur la femme, quelques infimes traces de scalpels sur les os du bassin le prouvent. Mais le plus important, c'est qu'on a trouvé des traces de chanvre sur le plus âgé, qui pourrait être le receveur.

– Une chemise ?

– Oui, certainement de chanvre, je pense que le linceul a été mis au-dessus de celle-ci qu'il a gardée, et le plus intéressant c'est qu'on a retrouvé plusieurs traces ADN sur ce chanvre. Mais l'un d'entre eux provient du second, un homme.

– Je ne comprends pas !

– Et bien l'hypothèse que l'on peut émettre c'est que le corps qui devait être celui du receveur a été manipulé et transporté par le seigneur de Blanat.

– Pour quelle raison ?

– Ah ça, c'est une bonne question.

Après avoir raccroché, Véronique se reposait la question, pourquoi Guyot aurait transporté le corps. Elle prit son téléphone et composa le numéro du secrétaire de la société archéologique de Corrèze.

– Bonjour, Véronique Galliste à l'appareil, désolée de vous déranger mais j'avais une question à vous poser.

– Pas de problème, si je peux y répondre.

– Avez-vous dans ce que vous avez dénommé le triple meurtre de Blanat, supposé un moment que Guyot avait fait ou avait assassiné son receveur ?

– Non, pourquoi, cette question ?

Elle lui explique la dernière trouvaille du médecin légiste.

– Ma foi, effectivement, s'il a transporté et déplacé le corps, alors que le receveur meurt rapidement de ces blessures, ce n'est pas pour le soigner dans un autre endroit. On peut supposer aussi que le meurtrier s'il devait tuer Guyot, le fasse rapidement. Dans ce cas, il n'aurait pas eu le temps de déplacer le corps.

– Il l'a lui-même tué, alors ?

– Non, ça, je n'y crois pas, Guyot est un marchand, même si sa famille a été anoblie depuis peu, il ne doit pas savoir manipuler un pistolet, et puis on aurait retrouvé des armes lors de l'inventaire. Par contre, il est peut-être le commanditaire du meurtre, en faisant appel à d'autres, des professionnels du crime. Il n'en manquait pas dans la région, à cette époque.

— Mais pourquoi ? Pourquoi assassiner quelqu'un qui le servait et notamment en lui amenant l'argent de ses débiteurs.

— La réponse est peut-être dans votre question. Car enfin, de par sa fonction, il devait être informé de pas mal de secrets, qui versait de l'argent et pourquoi ? Il est peut-être devenu bavard ou indiscret, ou faire chanter Guyot, et celui-ci s'en est débarrassé, c'est plausible. Et puis cela correspond alors au témoignage de la mendiante que l'on a retrouvée et qui indiquait que deux hommes étaient rentrés dans la demeure cette nuit-là et on leur avait ouvert la porte, les servantes présentes étaient déjà dans leur mansarde, bien éloignée de la cuisine.

— Mais pourquoi le faire assassiner dans son château ? Il aurait pu être accusé ?

— C'est vrai, encore qu'il pensait dissimuler ce meurtre par un vol qui aurait mal tourné, il aurait pu jouer le rôle de victime, après qu'on lui porte un coup non mortel.

— Vous avez de l'imagination !

— Oh, il faut bien en avoir, beaucoup de documents sont manquants dans cette affaire. Par contre, on peut aussi penser qu'il a voulu assassiner son épouse, avec ces traces d'arsenic qu'on a trouvées. C'est plausible, il commandite le meurtre de son receveur, peut-être celui de sa femme par les mêmes mercenaires, et lui est gravement blessé mais il en réchappe. C'est plausible pour la justice de l'époque.

– Mais pour quelles raisons ?

– Vous vous souvenez que les livres de compte et certainement d'autres documents ont disparu, il devait y avoir un contrat qui était en sa faveur en cas de décès de son épouse.

– Un contrat de mariage ?

–Oui, vous savez que c'était courant à l'époque dans le Quercy, souvent déposé chez un notaire ou en lieu sûr, c'était un pays de droit écrit, la liberté de tester et de léguer les biens était complète. Et notamment par le contrat de mariage, généralement la totalité des biens du futur époux ou de la future épouse était donnée en nue-propriété au survivant, c'était la promesse de l'héritage universel.

– Alors pourquoi ce document a-t-il disparu, il ne fait pas partie de l'inventaire. Et si Guyot a imaginé cette mise en scène pour se débarrasser de son receveur et de son épouse, il est bien mort aussi.

– Oui, j'ai l'impression que la mécanique qu'a pu imaginer Guyot n'a pas marché. Mais pour quelle raison ?

– Prenons comme hypothèse que Guyot commandite le meurtre de son épouse et de son receveur, pour hériter et aussi se débarrasser d'un témoin gênant. Il ouvre aux assassins, prenant le soin d'écarter les chambrières qui dorment au château.

– À ce sujet, on peut considérer qu'en fonction des guerres et des meurtres qui sévissaient à l'époque, cela n'était pas très prudent de sa part de ne pas garder les valets à l'intérieur.

– Vous avez raison. Donc, il éloigne les personnes, il ouvre aux mercenaires qu'il a payés, ceux-ci exécutent le receveur, et normalement ils auraient dû se rendre dans la chambre de son épouse où elle reposait, pour la tuer.

– Eh bien, prenons l'hypothèse que durant ces faits, il soit dérangé par une visite qu'il n'attendait pas. Que peut faire Guyot ?

– Il fait sortir les mercenaires par une autre porte et essaye tant bien que mal de dissimuler le corps du receveur, ajouta Véronique, excitée à l'idée de reconstituer les faits.

– On peut aussi penser qu'il doit connaître le ou les gens qui se sont annoncées et en pleine nuit, et qu'il est obligé de la ou les recevoir.

–Et celui-ci l'assassine, entre-temps les mercenaires se sont enfuis.

– Pourquoi au singulier ?

–Le médecin légiste est sûr que les coups de dague, ce que l'on appelle à l'époque la main gauche (27) ont été portés par une seule et même personne.

– Bien, c'est donc celle-ci qui tue Guyot, mais l'assassinat de l'épouse reste une énigme.

– Oui, ça ne colle pas, et comment expliquer les coups portés par une masse de bois ?

---

[27] On dénommait ainsi les armes, des dagues qui étaient dans la main gauche, les épées étant dans la main droite.

– Un troisième assassin qui intervient plus tard ?

– Pourquoi pas ? Et celui-ci a voulu faire croire que les trois meurtres étaient liés pour éviter qu'on la soupçonne.

– Il entre pour voler, l'épouse le surprend, il prend peur en pensant qu'elle va l'accuser et il la tue.

– Elle le connaissait et elle était témoin, il serait devenu l'accusé des deux crimes, alors que son mobile était le vol, pas impossible.

– Oui, cela se tient.

– Il reste à trouver l'identité de ces assassins, ajouta Véronique.

Chapitre 15 : Bannières, le 2 décembre 1573.

Aymar avait mis du temps pour se libérer de sa charge et ainsi continuer son enquête. Le procès était toujours en cours, les derniers jours avaient vu défiler certains témoins dans la grande salle qui servait au jugement.

Le mot de farce lui revint en mémoire, il l'avait prononcé devant son greffier, et il pensait que c'était un juste qualificatif pour décrire ce qui s'était passé ces derniers jours. Au début, il ne comprenait pas bien l'acharnement de Jean de Rilhac sur les gens de Saint-Michel et notamment sur les Darques. Jeanne, celle qui avait recousu les corps avant l'enterrement, Anne, la veuve de Jean Darques père, puis sur Catherine sa bru, qui était des témoins parmi tant d'autres.

Puis, il avait compris, cette famille était liée aux Blanat, c'était d'ailleurs l'un des fils de Jeanne Treuil et à sa demande, qui avait fait prévenir le cousin Verdun et son compagnon Antoine de Maleville qui jouait aux cartes à Autoire. Il ne leur pardonnait pas le fait qu'il ne fut pas prévenu du drame par ces personnes, dévouées entièrement à la maison des Blanat.

Aussi, il avait voulu faire interroger les enfants pour leur soutirer des renseignements contre les mères, Raymond, cinq ans qui devant son jeune âge et malgré l'insistance de Rilhac avait été renvoyé par la cour. Puis la fille Marguerite, huit ans, qui avait été interrogée, puis confrontée à sa mère et, malgré son âge, malmenée par les questions. Mais rien de toute cette mascarade ne permettait d'établir quoi que ce soit. Et pourtant la stratégie de Jean de Rilhac était manifeste aux yeux d'Aymar. À force de dire des contre-vérités et d'affirmer devant la cour que les deux écuyers étaient coupables, cela deviendrait au fil des jours une évidence que retiendrait la cour. Et la famille ainsi écartée ne pourrait rien toucher de l'héritage. Alors le père de Gabrielle pourrait revendiquer l'ensemble des biens des disparus.

Il arrivait devant la cité de Saint Michel, où il se rendait pour interroger un témoin, le seul des Darques à ne pas avoir été interrogé lors du procès. Et le seul qui n'avait pas été accusé par Jean de Rilhac. Il s'agissait du notaire, l'homme de confiance et certainement le confident de Guyot de Blanat. Il entra dans les ruelles de Saint Michel et frappa à la maison. Elle était pourvue de deux étages, la devanture faisait état des biens importants de celui qui tenait sa charge au premier étage. En pierre de taille, le rez-de-chaussée faisait deux mètres de retrait par rapport au premier étage. Des figures et des ornements sculptaient la façade.

Une domestique vint lui ouvrir.

— Je suis le lieutenant du roi de la sénéchaussée de Martel, je viens voir Maître Pierre Darques.

Elle referma la porte, sans rien lui dire. Au bout de quelques secondes, la porte s'ouvrit de nouveau et le notaire apparut. Il semblait surpris de la visite, se demandant durant quelques instants ce qu'il devait faire, il se décida enfin à faire entrer Aymar tout en le saluant, et le fit pénétrer dans la grande pièce de vie du rez-de-chaussée. Pierre Darques semblait être seul avec des domestiques que l'on entendait vaquer à leur occupation à travers la maison. Aymar se demanda pourquoi il ne le faisait pas entrer dans son bureau d'études du premier étage, quels secrets étaient enfouis dans cette pièce, que contenaient les tiroirs et coffres qui devaient l'occuper.

– Je suis venu vous poser quelques questions sur les meurtres.

– Je ne sais rien, j'ai simplement entendu les dires de cette mendiante. Il m'a semblé important de la retenir à l'époque pour que vous puissiez l'entendre.

– Pourquoi l'avoir interrogée ?

– Elle avait vu des personnes se rendant au château. Cela me semblait important qu'elle soit entendue par vous.

– Comment saviez-vous qu'elle pouvait avoir vu quelque chose et qu'elle se trouvait à cet endroit dans la paille à quelques toises.

– Je l'avais aperçue la veille.

– Donc vous y étiez la veille.

– Oui, je suis le notaire, enfin j'étais le notaire de messire Guyot, et je devais le consulter souvent.

– Vous avez dit lors de votre témoignage que vous avez vu la mendiante demander l'aumône.

– Oui, enfin, c'est ce que messire Guyot m'avait dit, qu'il l'avait laissé faire, et par charité l'avait autorisé à coucher dans le foin, au milieu de la cour.

– Vous venez pour voir le châtelain et vous vous préoccupez d'une mendiante que vous avez à peine aperçue.

Plus l'interrogatoire se déroulait et plus Pierre Darques semblait mal à l'aise pour répondre aux questions.

– Et puis, cette mendiante, lorsque je l'interroge devant vous, parle de diables noirs dont on n'aperçoit pas les visages, puis au procès déclare qu'elle a vu Verdun de Blanat et Antoine de Maleville.

– Elle s'est peut-être souvenue ?

– Se souvenir de deux seigneurs qu'elle ne doit même pas connaître !

– Je ne sais pas !

– Et pourquoi avoir interrogé cette personne et ne pas interroger les autres qui auraient pu apercevoir quelqu'un, notamment Esclauze, enfui à ce jour.

– Je savais qu'elle avait vu les assassins d'où elle se tenait, et je pensais qu'ils étaient des familiers de messire Guyot, ou des membres de sa famille.

– Pourquoi ?

– Ceux que l'on recherche, et qui ont disparu. Ils avaient des rapports difficiles avec leur cousin Guyot, et puis ils lui devaient de l'argent.

– Guyot leur avait donné de l'argent ?

– Non, pas donné, prêté avec intérêt, je savais que les sommes étaient importantes, et tôt ou tard ils auraient dû le rembourser.

– Ces prêts étaient consignés dans les livres de recettes qui ont disparu

– Oui, bien sûr, ainsi que toutes les recettes de messire Guyot. J'avais vu ces livres la veille, je savais qu'il les enfermait dans les coffres et que les clés se trouvaient dans sa chambre, dans un endroit qu'il était le seul à connaître.

– Vous avez une copie dans votre étude ?

– Non, juste une copie de certains actes comme le contrat de mariage et d'autres documents de propriété, mais pas de ce qu'on lui devait.

– Ensuite ?

– Lorsque vous avez commencé l'inventaire en présence de témoins, j'en faisais partie et c'est ainsi que j'ai découvert que ces livres avaient disparu.

– Mais ils étaient fermés ?

– Oui, je me suis dit que les assassins avaient ouvert ceux-ci avec les clefs dérobées à messire Guyot, emporté les livres et refermé les coffres..

– Qui connaissait où ils étaient entreposés, à part vous ?

– Son receveur, bien sûr et certains membres de sa famille qui venaient souvent au château.

– Qui savait qu'il pratiquait l'usure ?

– On voyait souvent de hauts personnages de la région venir le voir, et il s'enfermait avec eux dans la salle basse. Il me faisait parfois des confidences, j'étais son homme de confiance.

Aymar eut ensuite une intuition qu'il formula par une question.

– Quand Jean de Rilhac est-il venu vous voir ?

– Comment le savez-vous ?

– Répondez !

–Peu de temps après le meurtre, il voulait savoir quels sont les documents que je possède dans mon office.

– Et que lui avez-vous dit ?

– Ce que je vous ai dit.

– Et qu'a-t-il répondu ?

– De garder précieusement des documents, il en aurait besoin après le procès.

– Cela explique que vous êtes le seul membre de la famille Darques que Jean de Rilhac n'accuse pas et vous n'avez même pas été interrogé durant le procès ! Tu te tiens à ma disposition, notaire, je reviendrai te voir !

Sans le saluer, Aymar sortit de la maison, et monta en selle. Il fallait avoir une conversation avec Jean de Rilhac.

Chapitre 16 : Bannières, mai 2005.

Véronique avait rendez-vous avec Antoine Bliat, l'archiviste qu'elle avait rencontré un an auparavant à Cahors, dans les locaux des archives départementales du Lot.

Elle était bien sûr passée à d'autres fouilles et enquêtes préventives, pour la plupart des chantiers de construction. Mais cette histoire l'intéressait toujours. Et si, elle n'avait pas pu répondre à toutes les questions, elle aurait aimé aller au bout de son enquête.

Elle avait reçu un coup de fil d'Antoine, qui très excité, semble-il par une découverte, lui avait fixé rendez-vous dans une ancienne maison de Saint Michel, datant du XV siècle, qui était située en face de l'église. Elle arriva par la départementale et se gara près de l'église. Regardant le petit village de campagne, qu'habitaient quelques centaines d'habitants, elle ne put s'empêcher de trouver bizarre qu'une commune dont les vestiges remontent à l'époque gallo-romaine ne soit pas plus peuplée, mais finalement cela faisait aussi le charme de cette région au passé très lointain et qui gardait des aspects importants de cette vie d'antan.

Antoine l'attendait devant la maison et lui adressa un sourire en la voyant.

– Bonjour, content de vous revoir.

– Moi, aussi, lui répondit Véronique, finalement un an cela passe très vite.

–Oui, et je ne pensais pas vous revoir, en tout cas avec des nouvelles aussi importantes.

– Où se trouve-t-on ?

– Dans l'une des plus anciennes maisons du village, datant du XV, encore en parfait état, on vient de faire une découverte fantastique, en tout cas pour l'archiviste que je suis.

–Oh, expliquez-moi !

– Cette maison appartenait à une vieille famille du village, les Darques.

– Elle est souvent citée dans les archives de l'affaire.

– Oui, elle a certainement appartenu au notaire qui est mentionné, Pierre Darques. Il se trouve que le dernier propriétaire est mort sans descendance il y a quelques mois. Elle a donc été rachetée par des anglais qui avant de l'aménager ont souhaité faire des travaux. Pour agrandir une pièce à l'étage, ils ont voulu démolir un mur qui séparait une grande pièce et une chambre qui servait de débarras. Bizarrement ce mur était d'une épaisseur importante mais ce n'était pas un mur de soutien.

– Et ?

– Une cache dans le mur, enfin dans une cavité et qui cachaient de nombreux documents, des livres du XVI, des livres de comptes et des titres divers ayant appartenu à…..

Il laissa à Véronique le soin de poursuivre. Encore sous le choc, elle se posa la question durant quelques secondes, puis elle percuta.

– Guyot de Blanat, Pierre Darques était son notaire et son homme de confiance.

– Bravo, gagné !

– Vous les avez lus ?

– Parcourus tout au plus, les documents s'étalent sur des dizaines années et sont fort complets mais cela éclaire notre crime sous un jour nouveau. Venez dans la maison, les nouveaux propriétaires ne l'habitent pas encore, et j'ai réussi à faire retarder les travaux durant l'inspection des documents, leurs recensements et leur transport dans nos archives. Et puis je me suis dit que vous en parler dans ces lieux, cela avait quelque chose de magique. Ensuite on pourra aller voir le château à quelques centaines de mètres d'ici, dont vous pouvez à droite percevoir la plus grande tour.

– Donc, c'est bien les livres de recettes qui avaient disparu.

–Oui, vous savez qu'on les appelait aussi les livres de raison, ils pouvaient décrire les recettes et les dépenses, mais aussi les événements familiaux, les arbres généalogiques et toutes sortes de faits importants de la famille ou des événements de la région, les plus anciens découverts datent du XIV siècle.

– Et ceux qui nous intéressent ?

– Le plus ancien date du XV siècle, il est tenu par l'aïeul de Guyot, qui l'a fait construire vers 1460, il contient des actes d'héritage et des actes d'achat de terres et de biens avec ensuite au cours des générations qui se succèdent, la généalogie complète, mariages, naissances, décès. On y note aussi des écrits sur les épidémies qui frappent la région au cours du XV et XVI siècles, des traces de transport de diverses marchandises. À partir de la tenue par Guyot des livres de raison, on peut noter une vraie comptabilité, recettes, dépenses, estimation du patrimoine. Les actes d'achats de biens se multiplient, et au moment du drame, Guyot de Blanat possède près de 300 maisons, ce qui est considérable, qu'il loue à des personnes. Les recettes de ces fermages et terrains qu'il loue aux paysans du coin sont tout aussi importantes.

– Eh bien, les raisons qui ont poussé les familles à vouloir capter l'héritage sont manifestes, ajouta Véronique.

– Reste une partie que je ne peux expliquer, il s'agit d'une comptabilité qui me semble être une liste de prêts qu'il aurait effectués. On y trouve des lettres qui doivent correspondre à des initiales, des sommes d'argent libellées en deniers, sous et livres de l'époque. C'est le ratio des valeurs du cuivre, argent et or, en décompte classique de l'époque, 12 deniers font un sous et 20 sous font une livre. On y trouve ensuite une date, certainement celle du remboursement fait ou à venir avec une valeur largement plus importante de la somme de départ, on peut dire qu'il pratiquait l'usure. De nombreuses initiales sont notées, cependant certaines reviennent souvent. Les sommes prêtées pour l'époque sont considérables.

– C'est son receveur qui s'occupait du recouvrement de ces sommes.

– Mon avis que non, trop dangereux pour Guyot, n'oubliez pas qu'à l'époque l'usure était interdite par l'Église catholique, c'est pourquoi elle était tenue par des juifs, ou les banquiers lombards, par dérogation. On sait que des protestants le faisaient aussi, cela n'était pas interdit par l'Église réformée, mais Guyot s'affichait comme un bon catholique, il devait mener seul son commerce.

– Une idée sur les initiales ?

– Non, certaines sont souvent citées, notamment celles FRL. Il faut que j'étudie plus en détail, les écritures et les lettres sont difficiles à déchiffrer, la plume d'oie de l'époque n'était pas propice à des caractères réguliers. Les caractères diffèrent souvent de leur forme actuelle, vous seriez surprise de l'écart entre l'alphabet du XVI et le nôtre.

Il montra à Véronique, les livres. Il les avait déjà protégés dans des grandes feuilles de matière translucide et les manipulait avec des gants. Les mots étaient parfois difficiles à déchiffrer. Il lui montra la partie qu'il venait de lui décrire.

– L'un de mes amis est un éminent paléographe, enfin un spécialiste des écritures anciennes, je vais l'appeler. De siècle en siècle les écritures manuscrites changent et les lettres ne sont pas calligraphiées de la même façon.

– F. R. L., cela pourrait correspondre à François Robert de Ligneyrac.

Antoine regarda Véronique et acquiesça.

Chapitre 17 : Bannières, le 2 décembre 1573.

Dans le froid glacial de décembre, Aymar, avant de reprendre la route de Martel, voulait voir le château de Blanat. La garde avait été confiée par le procureur du roi au seigneur François Robert de Ligneyrac. On lui avait demandé de veiller à ce que, rien ne soit volé. En prenant les clés, celui-ci avait juré de le surveiller, et il y avait fait installer quelques gardes de sa maison.

Sur le chemin, Aymar passa près des sépultures mais en y arrivant, il vit que la terre avait été retournée. On y avait creusé et les pierres tombales que l'on avait posées lorsqu'il avait assisté à la cérémonie, étaient dispersées. Il continua sa route et pénétra dans la cour. Un sergent s'y trouvait avec plusieurs hommes, tous aux armoiries des Ligneyrac, d'argent aux trois pals de gueules au franc-canton coticés d'or et de gueules de douze pièces.

Aymar s'adressa au responsable de la troupe.

– Où sont les corps qui étaient enterrés près de la chapelle et qui ont été déterrés il y a peu de temps.

– Je ne sais pas, qui êtes-vous ?

– Aymar Duboys, lieutenant du sénéchal de Martel.

– Nous sommes arrivés il y a deux semaines mais n'avons pas quitté le château, je ne peux vous dire.

– Où se trouve votre maître, François Robert de Ligneyrac.

– Il est réparti à Ligneyrac, il nous a ordonnés de garder la demeure et de ne laisser rentrer personne, en dehors du seigneur de Rilhac.

– Sur cette demeure ont été posés les scellés du roi, et je suis le représentant, du sénéchal qui procède en ce moment même au procès, je vais m'assurer que l'on n'a pas forcé ceux-ci.

– Partez, je n'obéis qu'à Monseigneur Robert de Ligneyrac, vous n'avez rien à faire céans.

Aymar descendit de son cheval et s'avança vers l'homme, sous le regard des gardes.

– Si tu t'opposes à ma requête, tu finiras sur le gibet pour t'être opposé au roi, dont Robert de Ligneyrac est le vassal, à toi de voir.

L'homme cligna des yeux et mit un certain temps à répondre.

– Bien, allez-y, mais je vous accompagne.

Aymar fit le tour, pénétra dans les pièces et s'aperçut que les scellés étaient intacts. Satisfait, il se remit en selle, salua les gardes et se repris sa route. Il fallait savoir qui et pourquoi on avait déplacé les corps.

Quelques heures plus tard, il arrivait à Martel, pénétra dans la grande cour de la sénéchaussée et alla voir la maison où logeait

Jean de Rilhac, il devait s'y trouver puisque le procès était toujours en cours.

Il s'annonça à son ordonnance et demanda à être reçu. Il patienta un certain temps, avant que celui-ci vienne le trouver

– Que voulez-vous Lieutenant ?

– Où avez-vous enterré votre fille ?

Rilhac resta interloqué, manifestement surpris et dit doucement.

– Je ne comprends pas, que voulez-vous dire ? Elle est à Blanat.

– Non, messire son corps, ainsi que celui de son mari ont été déplacés il y a peu, j'en reviens.

– Je ne sais pas. Après l'autopsie, nous l'avons remis dans la tombe, près de son mari. Le receveur est enterré un peu plus loin.

– Seul, Monseigneur Robert de Ligneyrac avait la garde des lieux, je pensai que vous lui aviez fait part de votre intention de l'enterrer dans votre caveau de famille.

– Non, je n'ai pris aucune mesure et n'ai pas participé à cela. C'est certainement les meurtriers qui ont voulu faire disparaître les corps, et notamment Verdun de Blanat, et son complice Maleville.

– Et pour quelle raison, les constats ont été faits et consignés par mon greffier, les faire disparaître mais pour cacher quoi ?

– Je ne sais quel dessein ils poursuivent mais vous savez qu'ils voulaient faire main basse sur l'héritage de leur cousin Guyot, et de ma fille. Quant au receveur, ils ont voulu supprimer un témoin présent.

– J'ai l'impression que ce que l'on veut nous faire croire.

– Les gens de Saint Michel, de même que les serviteurs sont complices et vous le savez.

– Non, messire, je ne le sais pas.

– Vous vous trompez et je vais le démontrer, le jugement des cousins et de leurs complices sera sévère.

– Comment avez-vous su que Guyot voulait la tuer ?

– Que voulez-vous dire ?

–Les témoignages des chambrières et d'autres témoins prouvent que vous aviez des soupçons et que vous avez eu une querelle importante avec votre gendre. Vous le soupçonniez de l'empoisonner, et notre enquête a prouvé que vous aviez raison, le poison était présent, les traces ont été décelées par les chirurgiens que nous avons fait quérir. Seul Guyot donnait des consignes aux servantes pour mélanger ce poison à la nourriture de votre fille.

Quelques secondes s'écoulèrent avant que Rilhac répondît, pesant les termes de sa réponse.

– J'ai eu des soupçons quand cette maladie s'est éternisée durant plusieurs semaines. Elle avait déjà été enceinte, et la grossesse n'avait pas posé de problèmes, ce n'est qu'après l'accouchement que l'enfant est mort. J'ai posé les questions qu'il fallait aux serviteurs. Je les ai menacés de les pendre si elles continuaient à servir le poison, enfin le soi-disant remède que Guyot leur faisait mettre dans la nourriture.

– Et ?

– Je suis allé le voir, je l'ai menacé, lui ai dit que j'avais recueilli les témoignages des gens de la maison et j'allais en parler au sénéchal de Martel et avertir tous les seigneurs de la région sur ses agissements, il s'est bien sûr défendu et m'a juré qu'il n'avait jamais eu l'intention de le faire, qu'il ne savait pas, que ce n'était pas du poison. J'ai donc appelé un de mes gardes qui m'accompagnait et lui ai demandé d'aller chercher un médecin que je connaissais et qui pouvait trouver les signes de l'empoissonnement.

– Pourquoi avait-il agi de la sorte ?

– La cupidité, uniquement la cupidité. D'abord, il voulait un fils pour continuer la lignée et ma fille avait des difficultés pour le lui donner, et la fois où elle a été enceinte, le fils est mort quelques mois après. Il avait certainement projeté de se remarier, mais il savait aussi que si elle mourait, en plus de lui laisser l'occasion de se remarier, il mettait main basse sur un quart de ma fortune, cela avait été précisé dans le contrat de mariage.

– Pourquoi ne pas l'avoir dénoncé ?

– Le scandale, le procès, je voulais l'éviter, mais il fallait le protéger.

– Et votre argent !

Le coup était sévère, Rilhac serra les poings et poursuivit d'une voix dure.

–J'ai regretté très vite ce mariage, le malheur que je percevais dans les yeux de ma fille, et cet immonde personnage qui non content de vouloir tuer son épouse, essayait en plus de s'approprier de sa fortune. Non la mienne, puisque cette dot était la sienne, et ne faisait plus partie de mes biens. Je lui ai donc fait signer un papier où il précisait qu'en cas de décès de son épouse, le quart de celle-ci reviendrait à son ou ses enfants conçus avec ma fille mais sans pouvoir en disposer. Sans cela, elle reviendrait dans ma famille. C'était le meilleur moyen de la protéger.

– Et il a accepté ?

– Il n'avait pas le choix, c'était ça où la potence.

– C'est le papier que vous pensiez trouver dans les coffres.

– Oui, je savais qu'il gardait un exemplaire, glissé dans ses livres de compte, j'en possédais un aussi, et je l'avais forcé à en déposer un autre chez son notaire.

– Je sais, je suis allé le voir, il m'a signifié votre visite et votre entretien, mais vous avez aussi un double, pourquoi donc vous inquiéter de celui de Guyot.

– Le mien a disparu, je m'en suis aperçu après le drame, lorsque j'ai été informé de celui-ci, j'ai voulu le prendre là où je l'avais déposé, il n'y était plus. Pourtant personne en dehors de moi ne connaissait son existence à part Guyot bien sûr et le notaire. C'est pour cette raison que j'ai été le voir, mais il m'a confirmé que le document était dans son étude.

— Savez-vous qu'il était l'homme de confiance de Guyot ?

— Non, je l'ignorais, mais peu importe, il m'a remis un double de l'acte et que je garde précieusement.

— Que se passait-il en cas de décès des deux conjoints ?

— Rien, l'acte ne stipulait aucune clause dans ce cas particulier, c'est pour cette raison que j'ai pensé à un complot, ma fille et mon gendre assassinés, mon document disparu ainsi que celui de Guyot, cela laissait une place importante pour que les membres de sa famille s'emparent des biens. Je suis allé voir la tante de Guyot, elle m'a paru ne pas comprendre ce qui se passait, je l'ai donc persuadée de ne pas se porter partie civile dans l'affaire. Mais en ce qui concerne les cousins, c'est autre chose.

— Pourquoi ne pas remettre le document au tribunal ?

— Je veux éviter le scandale, et dévoiler cet arrangement, car enfin les commentaires de mes proches seraient les mêmes que les vôtres : trouver cet arrangement pour protéger ma fortune, alors que ce n'était plus la mienne. Un quart lui revenait, puisque j'ai quatre enfants et le testament établi par mes soins, lègue mes biens en quatre parts égales (28).

---

[28] Souvent dans le sud de la France, les parts d'héritage étaient à part égale entre les enfants, d'autres régions et notamment dans le nord de la France, on privilégiait l'ainé.

– Et en cas de décès en premier de Guyot, que disait le contrat de mariage ?

– Sans descendance établie, la moitié revenait à ma fille et l'autre moitié à sa famille en part égale. C'est pour cela, que je reste persuadé qu'ils ont commis ces meurtres. Pour s'emparer de la totalité.

Chapitre 18 : Bannières, mai 2005.

Véronique et Antoine, après le déjeuner se rendirent au château. Ils prirent la voiture, suivirent sur un kilomètre les départementales, s'arrêtèrent près du champ de Saint Michel (29) et poursuivirent le reste à pied, en prenant le chemin de quelques centaines de mètres qui restait à parcourir.

– Comme vous pouvez le constater, lui dit Antoine, ce chemin mène rapidement au château.

– Donc une personne qui se met à crier dans la cour peut être entendue par les habitants du bourg.

– Oui, à vol d'oiseau la distance entre le bourg et ce bâtiment fait deux à trois centaines de mètres, et en plus, à l'époque pas de voiture, pas de bruit en dehors des cloches de l'église. Regardez, on vient de passer près des bâtiments où devait se trouver la grange que les serviteurs occupaient la nuit pour dormir. Bien sûr cela n'a plus rien à voir avec la grange du XVI mais on peut remarquer que la distance entre le château et ceux-ci font à peine 200 mètres mais se trouvent bien en dehors de l'enceinte. Tous les fossés et les douves ont bien sûr été recouverts et la demeure était plus petite au moment des faits, des ailes ont été ajoutées au fil du temps.

------

[29] Saint Michel de Bannières a deux châteaux, Blanat et saint Michel, les deux seigneurs au cours des siècles se sont souvent opposés.

– Et la mendiante qui est citée dans certaines dépositions, où devait-elle se trouver ?

– Elle devait se trouver dans un tas de foin, et dans la cour, cela corrobore le fait qu'elle pouvait voir des hommes entrer.

– D'autres chemins peuvent permettre l'accès à la cour ?

– Oui, bien sûr et de plusieurs endroits, mais en pleine nuit et au mois de novembre, le seul chemin possible sans se rompre le cou était celui-ci. On peut éviter la grange que nous venons de dépasser en faisant un écart mais ici la route devient plus étroite. Je reste persuadé que des étrangers au bourg ne pouvaient savoir que les domestiques dormaient en dehors de la demeure, seuls les habitants du village le savaient. Quant à la mendiante, personne ne pouvait savoir qu'elle dormait dans la cour.

– D'après les écrits qui restent, le notaire le savait et l'avait retenu.

– Oui, mais comment le savait-il ? Car enfin, seules les gens du château savaient qu'elle s'était présentée la veille, et qu'on lui avait permis de rester pour la nuit.

– Donc, il l'avait vue soit la veille, soit le matin en s'y rendant après l'alerte.

– Et il est le seul le matin à s'être aperçu qu'elle y était, des dizaines d'habitants du bourg arrivent après les cris poussés par les servantes, il est le seul à fouiller les lieux et à l'interroger. C'est un peu bizarre.

– Que pensez-vous du fait qu'il n'ait pas été cité lors du procès ?

– C'est étrange. Il est pourtant l'un des notables de Saint Michel et le notaire de Guyot.

– Et que pensez-vous de cet enquêteur du roi ?

–Il semble connaître son travail et je pense qu'il avait des convictions intimes, comme on dit maintenant, sur les mobiles et les meurtriers. Mais les écrits sont absents. Je suis sûr qu'il a été écarté du procès. On ne voit aucune déposition de lui durant celui-ci.

– Comment l'expliquer ?

– La pression des événements, et je pense que cela n'a pas changé beaucoup malgré les siècles, imaginez que les meurtres font grand bruit, que la cour du roi ordonne par décret que le procès se tienne en trois semaines, et que le verdict soit rendu une semaine après la fin.

– Oui, de nos jours, on appellerait cela des consignes de la chancellerie ou du ministre de l'intérieur.

– Et oui, la république a remplacé la royauté mais les défauts des puissants, eux, n'ont pas changé ou évolué. Remarquez malgré ces consignes royales, le procès a duré près de trois mois. C'est dire que le problème était complexe et les rebondissements importants. Malheureusement, nous n'en avons aucune trace écrite.

– Ils n'ont certainement pas été conservés, ajouta Véronique

– Allons, vous y croyez vraiment, on retrouve dans les archives de Martel, certains documents du procès par ordre chronologique et pas d'autres.

– Vous pensez qu'on les aurait supprimés ?

– Là encore, aucun changement important sur plusieurs siècles, on appelle cela de nos jours le « secret défense » ou la raison d'État. À l'époque on appelait cela la « raison du roi ». Les termes ont changé, mais les objectifs sont identiques.

– Quelle aurait pu être cette volonté du roi ?

–À l'époque, les guerres de Religion font rage, d'ailleurs quelques années plus tard on commence à répandre la rumeur que c'est un capitaine huguenot qui a commis le massacre. D'ailleurs, c'est encore la version quasi officielle de nos jours. Je me souviens lors de ma première visite du château, le guide précisait : « *En 1573, Guynot de Blanat et sa femme Gabrielle, née de Rilhac, sont assassinés par une troupe protestante commandée par le capitaine Antoine de Maleville de triste réputation »*, c'est ce qu'a retenu l'histoire ou ce qu'on a bien voulu lui faire retenir.

– Admettons, qu'il s'agisse d'un drame de famille, comme on peut le penser, argent, héritage et meurtre, rien de compromettant à la raison du roi, pourquoi le dissimuler ?

– Effectivement, mais admettons qu'il s'agisse bien d'argent mais que cela compromette un proche du roi, comme François Robert de Ligneyrac comme le laisse supposer les initiales du livre, on a alors tout intérêt à changer le cours de l'histoire.

– Effectivement, mais il n'est pas possible de le prouver, quatre siècles plus tard.

–Espérons que les documents retrouvés nous en apprendrons plus. Pour en revenir au lieutenant du roi, Aymar Duboys, il est le fils de Jean Duboys, notaire de Martel. Il est le lieutenant particulier de Martel à partir de 1570 jusqu'en 1590. Puis on perd sa trace durant plusieurs années. Certains ont pensé qu'il était devenu un agent au service de Marguerite de Valois. Il devient ensuite le seigneur de Rignac, On en parle dans des écrits comme un enquêteur efficace et tenace.

– Donc, il a dû approcher la vérité !

Chapitre 19 : Martel, le 15 décembre 1573.

Le procès continuait sans toutefois s'orienter dans une direction conforme à une juste vérité. Les témoins se succédaient mais leurs déclarations ne pouvaient conduire la cour à une décision sereine, en plus on devinait que les débats étaient faussés. La sénéchaussée de Martel, de par son président, conduisait les débats dans une orientation que les dires des personnes devant témoigner ne corroboraient pas. La Cour de Justice était à la dérive et Aymar le ressentait profondément. Il assistait aux débats sans toutefois pourvoir intervenir et souvent il quittait le tribunal en colère. On interrogeait des enfants, on écartait des témoignages, on en retenait d'autres, on décidait de l'incarcération de certains, mais bien sûr les plus humbles et notamment les habitants et paysans du bourg de Saint Michel étaient soumis à une pression forte. Les puissants seigneurs étaient écoutés. Cependant, depuis l'entretien du lieutenant avec Rilhac, celui-ci avait atténué ses accusations et semblait être plus calme dans ses interventions.

Aymar avait pris la décision d'avoir un entretien avec François Robert de Ligneyrac. Il savait que celui-ci pouvait lui nuire et même manigancer pour le démettre de ses fonctions, mais son besoin de savoir, de comprendre prenait le pas. Et même si le mot justice avait finalement peu de sens durant cette époque de trouble, il devait le faire.

Il prit la route pour se rendre à Ligneyrac le matin même très tôt et y arriva en fin de matinée. La demeure était impressionnante, bien à l'image de son seigneur. Il s'annonça à la poterne et dut attendre plus d'une heure avant d'être reçu par le châtelain. On lui avait demandé les raisons pour lesquelles, il sollicitait cet entretien. L'homme devait sans aucun doute être le secrétaire particulier. Pour ne pas être éconduit, il avait précisé qu'il avait des révélations importantes à faire sur les meurtres et souhaitait les confier au seigneur.

Ligneyrac pénétra dans la pièce, observa un instant Aymar, sans le saluer, conscient de son pouvoir et prestige, il lui dit :

– Parlez, je vous écoute !

– Les corps qui avaient été enterrés près du château, ont été déplacés après que vous ayez été mandaté par le procureur du roi comme devant être le gardien des lieux. Pourquoi les avez-vous déplacés ?

Sous le coup de cette affirmation, Ligneyrac sembla vaciller un instant, se reprit et dit à Aymar :

– Sortez, je n'ai pas à répondre à vos questions !

Il quitta la pièce, et Aymar comprit qu'il avait atteint son objectif. Lentement, il longea les pièces du château, arriva dans la cour où il avait laissé son cheval et au moment de se remettre en selle, il vit trois écuyers quitter précipitamment celle-ci. Sans sembler y prêter attention, il se mit en route, ne les quitta pas du regard, et une fois un peu éloigné, se mit au galop pour les suivre, tout en gardant une certaine distance. Ils prenaient la direction de la route d'Auvergne, Aymar compris où ils se rendaient, mais il devait en être sûr pour intervenir. Après une petite heure, la troupe qu'il suivait prit une allure plus raisonnée et en fin d'après-midi, ils furent en vue de la demeure du sieur de Chambon, Pantaléon Robert de Ligneyrac.

L'édifice était récent, majestueux et les travaux encore en cours. Ils devaient coûter une fortune, et la nomination récente de Pantaléon Robert comme chevalier de l'ordre de Saint-Esprit l'avait certainement encouragé à poursuivre cette entreprise. Ce jeune frère de François Robert était une tête brûlée, loin de l'intelligence de son frère aînée. Mais il savait aussi naviguer dans les bonnes grâces de la royauté et son allégeance à la maison des Valois était totale.

Aymar attendit patiemment tout en se dissimulant à une demi-lieue de la demeure. Peu de temps après, il vit repartir les écuyers. Il patienta de nouveau et vit sortir sur le chemin le frère cadet Ligneyrac qui prenait semble-t-il le chemin du Quercy. Il le suivit alors, et s'aperçut très rapidement qu'il revenait à son point de départ, en direction de Martel. Heureusement la distance était courte, car il commençait à ressentir la fatigue des lieux parcourues, et son cheval donnait quelques signes d'épuisement.

Il arriva devant les portes de la cité de Martel, laissant toujours une distance avec l'homme qu'il suivait, mais en arrivant dans la ville, il le suivit de plus près pour savoir où il se rendait.

Devant l'une des maisons de la place de Bride, non loin du palais de la Raymondie (30), là où se tenait la Cour de Justice, Pantaléon s'arrêta devant une maison et entra. Aymar savait que celle-ci devait appartenir à feu Guyot de Blanat, et elle était louée depuis quelques années à Charles de Courson, son cousin, qui en faisait sa demeure lorsqu'il résidait à Martel, car son véritable repère se trouvait à Alvignac, à quelques lieues de la ville. Que faisaient donc les deux hommes, que tout opposait de par leur appartenance à deux familles qui se détestaient.

Il attendit de nouveau, à l'écart des regards, et vit plus d'une heure après, Pantaléon ressortir et se remettre en route. Il était tard, il décida d'attendre le lendemain avant de rendre visite au parent de Guyot, Charles de Courson.

Le lendemain, après une nuit de repos qu'il avait pu apprécier, il se rendit à pied à la maison et frappa. Une servante vint lui ouvrir et lui demanda l'objet de sa visite, non impressionnée par son costume qui désignait sa charge.

– Dites à messire de Courson que le lieutenant du sénéchal veut le voir rapidement.

---

[30] Construit aux XIII et XIV siècle au cœur de la cité de Martel.

– Que voulez-vous, lui répondit celui-ci en pénétrant dans la pièce.

Toujours aussi arrogant et discourtois, il se tenait devant Aymar et semblait furieux qu'on vienne le déranger chez lui.

– Le tribunal va vous mettre en accusation de meurtre sur la personne de votre parent, le sieur Guyot, et vous allez devoir vous expliquer.

L'accusation, complètement gratuite porta un sérieux coup à son attitude, il était le seul que Rilhac n'avait pas encore accusé formellement parmi les cousins Blanat. Il pâlit, et bredouilla :

– Je ne comprends pas, on m'avait assuré que…
– Assuré de quoi, et par qui ?
– Je n'ai rien à vous dire.
– Où étiez-vous durant la nuit du massacre.
– Avec les frères Ratoys, ils peuvent en témoigner, je n'ai rien à voir avec ces meurtres.
– Alors pourquoi avoir déplacé les corps de votre cousin et de son épouse ?

Encore une fois, l'accusation était gratuite, mais là aussi, le coup porta, il s'appuya à la table, et lentement s'assit sur un fauteuil, se prit la tête entre les mains.

– Je n'aurai pas dû accepter.

Il était assez éloigné du personnage qu'Aymar soupçonnait de détrousser les marchands de draps de la région, mais il est vrai que la marge était importante entre le vol et le meurtre.

— Vous avez raison, vous n'auriez pas dû accepter d'aider messire Pantaléon Robert de Ligneyrac

— Vous savez cela ?

— Qu'avez-vous fait, où sont les corps ?

— Dans la cave, il me tenait, savait que je me livrais à des trafics, et menaçait de me dénoncer, avec le procès actuel en cours, j'aurai été accusé des meurtres. Il m'a obligé à déplacer les corps et à les cacher.

— Pourquoi dans cette maison ?

— Je n'avais pas d'autre endroit, c'était le plus sûr. De nuit, je suis parti pour les déterrer avec une charrette, les ai amenés ici et les ai dissimulés dans la maison.

— Que vous a dit Pantaléon hier en venant vous voir.

— Que vous saviez pour les corps et que vous vous posiez des questions.

— Ainsi la famille Ligneyrac a commandité ce forfait.

— Non, François Robert n'était pas informé, son frère a agi seul, et il est entré dans une fureur importante quand il a compris ce qu'il m'avait demandé de faire.

— Pourquoi vouloir déplacer les corps ?

— Je ne sais pas, mais quand il est venu me trouver, quelques jours après les meurtres, il était inquiet, m'a expliqué une histoire de poison. Il fallait éviter une autopsie plus importante des corps, donc il fallait qu'ils disparaissent.

– L'empoisonnement ne concernait que Gabrielle de Rilhac.

–Il m'a indiqué que le corps de Guyot devait être déplacé, il ne m'avait pas parlé des autres. Mais j'ai pensé qu'il serait plus judicieux de déplacer les trois corps, on pouvait toujours expliquer plus tard qu'ils avaient été enterrés à la demande de la famille près de l'église de Saint-Michel.

– Bien, je vais consigner votre déclaration par écrit, en attendant ne vous avisez pas de les déplacer de nouveau, et pas un mot de ma visite aux frères Ligneyrac. Quand avez-vous été prévenu des meurtres ?

– J'ai appris le meurtre durant la matinée, j'ai pris la route de Blanat avec les Ratoys, je pensais récupérer une partie de l'héritage.

– Par qui aviez-vous été prévenus ?

– Par Jean Darques, le fils, que sa mère avait envoyé pour me prévenir, il m'a trouvé à Autoire, je jouais aux cartes.

– Ne quittez pas la ville. Au fait votre cousin Verdun qui a disparu avec son compagnon Antoine de Maleville, pourquoi a-t-il fui.

– Je ne sais pas, mais je le connais bien, il n'est pas enfant de chœur, mais je le vois mal tuer notre cousin. Celui-ci nous prêtait de l'argent.

– C'est aussi une bonne raison pour le tuer.

– Mais on nous aurait accusés pour cette raison, les reconnaissances de dettes étaient soigneusement consignées par Guyot.

– C'est bien pour cette raison que vous vous êtes précipité au château, vous vouliez savoir si on mettait la main sur ces documents, lors de l'inventaire.

– Oui, et à ma surprise, aucun papier, aucun livre ne s'y trouvait, les meurtriers les avaient fait disparaître, cela m'arrangeait bien, ainsi que Verdun, mais je ne suis pas l'assassin.

– Dernière question, qui sait où se trouvent les corps ?

– Personne, en dehors de moi, et maintenant de vous.

Aymar quitta la demeure peu de temps après, en se posant la question de savoir pourquoi on avait demandé à Courson de déplacer le corps de Guyot.

Chapitre 20 : Cahors, juillet 2005.

Pour la seconde fois, Véronique entra dans le bâtiment des archives du département du lot. Antoine lui avait téléphoné la semaine précédente et lui avait annoncé que les documents retrouvés avaient commencé à être étudiés par son collègue, Sébastien Voirin, un expert en matière de déchiffrage des textes du vieux français.

Elle savait que les difficultés étaient importantes pour comprendre un texte et notamment pour cette période. Chaque lettre pouvait avoir une hauteur différente suivant son emplacement dans un mot, il n'y avait pas non plus de règles d'orthographe, elles s'étaient affinées avec le temps. Souvent l'auteur écrivait d'une façon phonétique, ce qui d'ailleurs était conforme à une tendance actuelle, l'histoire se répétant sans cesse. Enfin, beaucoup d'abréviations existaient et les auteurs en avaient recours assez fréquemment. Il était souvent plus facile de traduire du latin ou du grec qui suivaient des règles précises d'orthographe et de grammaire que de déchiffrer les textes issus du moyen âge ou de la renaissance.

Elle se rendit après s'être présentée à l'accueil dans la salle d'archive qu'on lui avait indiquée. En s'y rendant, elle repensa à cette affaire, close officiellement depuis plusieurs mois. Son rapport officiel avait été rédigé et remis à sa hiérarchie, le rapport de fouilles et ses conclusions depuis longtemps classés dans les publications du comité départemental d'archéologie. Mais cette découverte deux mois plus tôt des documents d'époque ayant appartenu à Guyot de Blanat, relançait le dossier, non sur le plan purement des fouilles et de son travail d'archéologue, mais bien sûr de l'enquête elle-même. Elle ne pouvait s'empêcher de vouloir découvrir les assassins de ce triple meurtre et de comprendre leurs mobiles.

Depuis peu le comité archéologique du département tenait un site internet qui expliquait leurs travaux et mettait en ligne certaines publications. Elle s'était prise au jeu et y participait. L'informaticien qui avait été embauché pour mettre au point ce site lui parlait dans un langage qu'elle ne comprenait pas toujours. Par contre, ce qu'elle comprenait bien en ce début du nouveau siècle, c'est l'apport et les avantages que cette somme de connaissances mise en ligne allait leur apporter. Elle recherchait donc, dans le cadre de son travail, les documents qui pouvaient la servir, nul doute que cette immense base de données, accessible à tous allait dans les prochaines années faciliter leur travail, surtout dans le cadre des recherches internationales.

Elle frappa à la porte et entra. Les deux personnes qu'elle devait rencontrer ce matin s'y trouvaient. Elle salua avec plaisir Antoine qu'elle commençait à bien connaître, et l'homme qui se trouvait à ses côtés le paléographe, Sébastien Voirin. Il était plus âgé que ce qu'elle avait imaginé, plus proche de la cinquantaine, l'archétype de l'universitaire, des habits confortables mais un peu usés, lunettes, coiffure mal ordonnée. Très sec, un peu maigre, et nerveux, cela se devinait à ses gestes, non mesurés et un peu saccadés. Il devait certainement être un disciple sans conditions de la course à pied.

Ils en vinrent très vite à leur sujet, et Véronique vit que les deux hommes étaient excités par ce qu'ils avaient déjà trouvé, et bien sûr en avaient discuté entre eux, avant son arrivée.

– Véronique, on peut vous confirmer que ces documents retrouvés ont une valeur immense, lui dit Antoine. En premier, parce qu'ils s'étalent sur deux siècles, et on peut suivre la vie d'une famille sur plusieurs générations. En second, parce que cela décrit non seulement la vie d'une famille mais aussi ce qui les entoure, la vie de la cité et de la région. Enfin en dernier, parce que l'on a souvent des commentaires personnels sur les événements. Il faudra des années pour tout exploiter. On est donc allé, après un premier recensement, à l'essentiel et notamment les manuscrits de Guyot de Blanat, laissant la partie comptabilité de côté mais se focalisant sur les actes consignés dans un des livres, et les commentaires qu'il a pu faire.

–Travail difficile, ajouta Sébastien, ce personnage employait beaucoup d'abréviations pour certains mots, j'ai dû presque constituer un dictionnaire des sigles et des mots pour

« décoder » les textes, et je bute encore sur certains. Mais on peut commencer à lire et comprendre certaines pages.

– Il existe des parties qui se rapportent directement à notre enquête, demanda Véronique.

– Oh oui, plus que ce qu'on pouvait imaginer, répondit Antoine. J'ai bien sûr informé Sébastien de nos travaux et de nos hypothèses. Il a lu tous les rapports écrits, et notamment historiques, mais aussi celui des fouilles pour bien avoir connaissance du contexte.

– Oui, et cela m'a permis de me concentrer sur les textes et documents qui pouvaient avoir un rapport, j'avoue que je me suis piqué au jeu et avec plaisir.

– Je vous écoute.

– En premier, j'ai recensé tous les actes qui pouvaient avoir un rapport avec les époux Guyot. J'ai bien sûr retrouvé et déchiffré l'essentiel comme le contrat de mariage, document essentiel à cette époque et dans cette classe sociale de nobles et de marchands. On retrouve tout en double, ce n'est pas courant.

– Je ne comprends pas, dit Véronique.

– Eh bien, répondit Antoine, c'est comme si deux exemplaires avaient été réunis dans un seul lieu et mis dans cette cache. On peut donc affirmer en se basant sur les documents de l'époque, que l'on a retrouvé les copies des actes juridiques de Guyot qui manquaient lors de l'inventaire, et le double que devait posséder le notaire de famille.

– Oui, sauf ce document, très… hors du commun et que l'on retrouve en triple exemplaire.

– Et qui signifie quoi ?

– Je vais vous le lire, en traduisant certains termes, mais je suis à peu près sûr du sens de ce billet : « *20 octobre 1573, au château de Blanat, Messire Guyot de Blanat a reconnu à Messire Jean de Rilhac, chevalier de l'ordre du Roy, sieur de Nozières baron de Saint Martin Valméroux et bailli de Salers, s'être rendu coupable de vouloir attenter à la vie de son épouse Gabrielle de Rilhac, fille du dit Jean de Rilhac. Le même jour, Messire Guyot a reconnu à Messire Jean de Rilhac lui devoir la moitié de l'ensemble de ses biens, demeures, terres et argent et autres possessions en cas de décès de son épouse Gabrielle de Rilhac, fille du dit Jean de Rilhac.* »

–Voilà, je passe sur les autres formules et certifications que contient la lettre, elle est datée et signée par les deux personnages cités et est revêtue de leurs sceaux respectifs.

Interloquée, véronique se reprit rapidement ;

– Ainsi, on a une hypothèse pour les traces de mercure sur le squelette de Gabrielle, c'était son époux qui essayait de la tuer, et le père s'en aperçoit, il doit certainement le menacer et lui faire signer des aveux. Mais que vient faire l'héritage et pourquoi veut-il faire disparaître son épouse ?

– On peut répondre aux deux questions, intervint Sébastien. Il se plaint dans une de ses chroniques, que son épouse ne lui donne pas d'héritiers et cite dans une autre, une veuve, riche bien sûr, qu'il épouserait bien en cas de décès de sa femme. De plus, on a retrouvé dans le contrat de mariage, les clauses précises. Le quart de la fortune des Rilhac revient à Gabrielle, le père ayant réparti ses biens sur ses quatre enfants, en cas de décès, sa part revient à son époux Guyot. Je pense que Jean de Rilhac inverse complètement la situation, forçant Guyot à lui verser la moitié de sa richesse en cas de décès de sa fille, espérant ainsi la protéger. Enfin, ça paraît logique.

– Oui, effectivement, on a donc une explication pour l'arsenic mais pas d'éclairage sur les trois meurtres.

– Pas tout à fait, précisa Antoine. En fait pour le receveur, on pourrait croire que c'est bien Guyot qui a voulu le supprimer.

– Pour quel motif, ne put s'empêcher de dire Véronique.

– Séb, tu veux bien lire le texte de l'une de ses chroniques.

–Oui, bien sûr. « *Je pense que mon receveur se doute que je pratique l'usure, je l'ai surpris à vouloir regarder mes livres de comptes.* »

– Puis, il y ajoute trois mots, « carnade » et « pourpenser emberlucoquer ».

– Carnade ?

– Cela signifie « mort »

– Et le reste ?

– Cela signifie « imaginer un traquenard ».

– Cela sonne comme un aveu, mais il aurait pu le faire « disparaître » en dehors de son château. De toute façon, il a dû faire appel à des hommes de main, enfin des mercenaires, je le vois mal, pratiquer l'acte lui-même, ce n'est qu'un marchand.

– Exact, d'ailleurs on retrouve, quelques jours plus tard, une chronique qui indique une somme d'argent, à côté du mot reîtres et des initiales PRL, et en dessous adrecier deterie 2000 livres, ce qui veut certainement signifier « régler la dette de 2000 livres ». Il a dû donc s'adresser à ce PRL pour trouver des hommes de main et en contrepartie effacer une ou plusieurs de ses dettes. On retrouve d'ailleurs souvent ces initiales et des sommes d'argent dans son dernier livre de recettes que j'ai consulté rapidement.

– Oui, je me suis trompé la dernière fois, ajouta Antoine, la lettre P était mal dessinée, et je l'ai confondu avec le F. Sébastien m'a corrigé.

– Donc, il ne peut s'agir de François Robert de Ligneyrac, précisa Véronique.

– Non, répondit Antoine, mais peut-être bien de son frère que l'on retrouve dans certains documents de l'enquête, et qui était présent sur les lieux, Pantaléon Robert de Ligneyrac.

<h3 style="text-align:center">Chapitre 21 : Martel, le 20 décembre 1573.</h3>

Aymar se rendait à l'intérieur du palais de la Raymondie de Martel. Il voulait rencontrer le lieutenant général Jean de Linars et aborder avec lui certains sujets qu'il savait être délicats. Il s'approcha du portail, surmonté du beffroi de trois niveaux, richement décoré.

Il gravit l'escalier jusqu'à l'étage noble et s'annonça aux gardes.

Jean de Linars le reçut dans une petite pièce, près de la salle de réception.

– Eh bien, sieur Duboys, vous vouliez me voir.

– Oui, messire et parler de ce procès.

– Je vous écoute.

– Messire, ce procès se déroule en dépit des faits et des actes que nous avons constatés lors de l'enquête sur les lieux du drame. Des témoignages ne sont pas dévoilés à la cour, et d'autres sont tronqués, ce n'est plus la justice.

– Aymar, nous n'y pouvons rien, c'est la volonté du roi que de poursuivre les capitaines huguenots qui ont tué les gens de Blanat.

– Messire, ils sont peut-être coupables ou sont les commanditaires de ce drame, mais des questions sont sans réponses. Pourquoi cette sauvagerie de la part des membres de la famille de Guyot, de plus des armes aussi diverses que des lames et des cognées ont été employées. Les témoins, soit l'ensemble de la domesticité sont considérés comme complices, certains d'entre eux sont prisonniers de la famille de Rilhac, mais il nous est interdit de les interroger. Pourquoi, le sieur Guyot a-t-il fait dormir aussi peu de monde au château et renvoyé certains valets dormir dans les granges ? Et comment ceux-ci auraient-ils pu ouvrir les portes en dormant à l'extérieur et en avoir les clés ? Et cette mendiante qui dit maintenant avoir vu les sieurs Verdun et Maleville, alors que dans sa première déclaration, elle dit ne pas connaître les personnes qui ont pénétré par une porte ouverte de l'intérieur. Et même si la mémoire lui revient, pensez-vous que ces écuyers auraient été assez stupides pour se montrer à visage découvert ? Tout cela ne tient pas.

— C'est vrai, mais nous ne pouvons pas nous opposer, il s'agit de la volonté du roi. C'est pour cette raison que par décret, il a voulu que cela soit réglé en quelques semaines. Malheureusement nous ne pourrons y parvenir.

— Mais pourquoi cette volonté de faire vite ?

— Je n'ai pas eu cette conversation avec vous et je ne vous ai rien dit. Comme moi, vous savez que le massacre de La Saint Barthelemy a creusé un schisme profond entre le pouvoir royal et les protestants. Et la trêve précaire signée en juillet dernier et qu'on a appelé la paix de la Rochelle (31) ne tient qu'à un fil. En

---

³¹ Signé en juillet 1573, elle met fin à la quatrième guerre de religion. Cette

ce moment même, se tient à Millau, une réunion des huguenots pour mettre en place une sorte de constitution, prônant un État fédéral qui de ce fait met en péril la royauté. Si cela aboutit, les « provinces de l'union » (32) verront le jour et c'en sera fini de la royauté.

— Charles IX ne supporte pas que l'on puisse le contester, précisa Aymar.

— Oui, et sa maladie n'arrange pas les choses. Elle conduit certains au sein même de l'entourage royal à se révolter, des bruits de complot circulent à la cour. Son frère, le duc d'Alençon est à la manœuvre, avec d'autres et, grâce à Henri de Navarre (33), se rapproche des protestants.

— Pourquoi, cette cause commune ?

— Oh, elle est simple, la primauté. Le roi Charles IX a désigné son frère, le duc d'Anjou, roi de Pologne, comme son successeur au trône s'il venait à mourir. Ce qui rend jaloux son autre frère, le duc d'Alençon qui rêve depuis longtemps, de devenir roi de France. La maladie de Charles IX nourrit ses espoirs. Certains grands du royaume sont en train de se rassembler et les rumeurs d'une alliance de ceux-ci avec les huguenots sont importantes et semblent se préciser. Si cette

---

trêve ne dure que quelques mois.

[32] Structure confédérale liant les provinces du Sud de la France, une chartre est rédigé à Millau en 1573. C'est une première tentative de construire un régime parlementaire dans une partie de la France.

[33] Henri de Navarre œuvre durant ces années à fédérer les catholiques et les protestants modérés.

coalition prend forme, la royauté tombe, et le temps que le duc d'Anjou ne revienne à Paris, le pouvoir sera aux mains de ces mécontents de tous bords.

– Mais que vient faire notre histoire dans cette guerre politique.

– Un contre-feu, Aymar. Un leurre. Je suppose qu'a mûri dans la tête de certains nobles de la région, très proches de Charles IX que, si l'on pouvait mettre ces meurtres sur le compte de certains huguenots et notamment de Verdun de Blanat, et de Maleville, on pourrait de ce fait accuser aussi Henri de la Tour d'Auvergne, membre de la famille Montmorency, qui est le vicomte de Turenne (34). Il vient de se convertir. Ainsi en condamnant ses écuyers, on pourrait au sein de la cour, propager les rumeurs et mettre dans un même panier d'assassins, les huguenots et les grands du royaume qui s'opposent à la politique de notre roi Charles IX.

– Et vous vous faites l'artisan de cela?

–Je ne me fais l'artisan de quiconque. Mais que puis-je opposer face aux Ligneyrac et aux Rilhac, qui soutiennent ces thèses ? Et même si ce procès ne se termine pas comme le souhaitent ces grands seigneurs, il restera toujours ces bruits que l'on aura répandus et qui pourront perdurer pour discréditer les personnes citées.

---

[34] Titre au XVI siècle de la famille de la Tour d'Auvergne, le fief correspond à une partie de la Corrèze.

– Le procès est donc faussé d'avance.

– Oui, mais arrivera-t-il à servir les objectifs du roi de France et de sa mère Catherine de Médicis ?

– Vous partagez donc mes doutes ?

– En partie seulement, je suis convaincu des incohérences que vous avez citées, mais je ne peux m'empêcher de penser que les cousins de Blanat soient à l'origine de ces meurtres, et ce, pour l'argent.

– Alors, messire si l'argent en est la cause, il y a d'autres candidats possibles.

Et Aymar raconta au Lieutenant général, ce qu'il avait appris ces derniers jours.

Chapitre 22 : Bannières, juillet 2005.

Dans l'après-midi, les trois personnes rassemblées aux archives départementales, se remirent au travail.

– Admettons que ce Pantaléon Robert de Ligneyrac ait été approché par Guyot pour lui trouver des mercenaires afin de tuer son receveur. En contrepartie, il efface certaines dettes, il reste une question : Pourquoi dans son château ?

– Et s'il avait imaginé de faire tuer son épouse. Se faire « blesser » dans le même temps, et donc maquiller une attaque de brigands, pour voler des documents et l'argent, et faire croire à un meurtre qu'il n'aurait pas pu commettre sur son épouse, puisque lui-même avait été agressé ?

– Oui, cela se tient, mais pourquoi est-il mort ? Les mercenaires y sont allés trop fort, et la fausse attaque aurait dérapé ?

– D'après ce que j'ai pu lire comme vous, ajouta Sébastien, l'épouse est tuée par des armes qui ne semblent pas être celles de mercenaires.

– Bon, reprenons, indiqua Véronique. Guyot commandite une attaque dont le but est de faire disparaître son receveur, trop curieux à son goût et connaissant ses dons d'usurier. Il en profite pour imaginer la disparition dans la même attaque de son épouse. Première question : comment peut-il convaincre Jean de Rilhac que ce n'est pas un coup monté de sa part ?

–Il n'essaye pas de le convaincre, intervint Antoine, très excité par ce travail de détective, car on a bien retrouvé trois exemplaires de ses aveux. Pourquoi trois ? Il possède le sien, il existe celui du notaire et celui de Rilhac qu'il fait voler par quelqu'un, et c'est ainsi que l'on retrouve les trois exemplaires.

– Ce qui suppose que celui-ci est complice de Guyot.

– N'oublions pas que d'après les écrits de l'époque, c'est son homme de confiance.

– Admettons, l'attaque se déroule. Une porte est ouverte par Guyot lui-même, mais en plus du receveur, on tue le commanditaire.

– C'est là que l'enquête de l'époque est importante, on sait par ce qui a été consigné par le greffier, sous les constats des chirurgiens de l'époque et que votre étude médico-légale a corroboré, que les blessures des deux hommes sont différentes. Le receveur est tué d'une façon, je dirai professionnelle, coup de pistolet et ensuite on lui tranche la gorge pour être sûr de sa mort. Par contre Guyot est tué par de nombreux coups comme si la personne était sous l'emprise de la colère. Deux assassins différents.

– Alors, imaginons poursuivit Véronique, qu'un ou plusieurs individus entrent dans la pièce, les mercenaires s'enfuient, Guyot s'explique, une dispute éclate et la personne, ou les personnes, le suppriment.

– Pourquoi la dispute ? Intervint Sébastien.

– Parce ce ou ces individus comprennent que le meurtre du receveur sera suivi de celle de l'épouse de Guyot et ne peuvent l'accepter, répondit Véronique.

– Ok, mais alors il peut s'agir du père, Jean de Rilhac.

–Et il s'enfuit aussi, laissant sa fille seule ou presque dans le château, sachant que les mercenaires ne sont pas loin et peuvent revenir. Cela ne tient pas, je pense à un autre personnage qui peut être informé de ce qui se passe et intervient pour éviter l'assassinat de l'épouse.

– Qui ? Poursuivi Sébastien.

– Le seul à pouvoir être informé, c'est Pantaléon, à qui Guyot a demandé de lui trouver des hommes de main. Il en parle à Rilhac, ou à son frère François, et ceux-ci devinent les intentions de Guyot.

La remarque d'Antoine sonnait juste, et l'enchaînement des faits plausibles,

– Mais, il reste un fait important, continua Antoine : qui a tué l'épouse et pourquoi ?

Chapitre 23 : Martel, le 15 janvier 1574.

Aymar, encore sous le coup de sa discussion avec le lieutenant général de Martel, et ne pouvant s'empêcher d'y penser, avait décidé de poursuivre son enquête. Il lui fallait expliquer pourquoi et par qui Gabrielle de Rilhac avait été tuée, pourquoi et par qui Guyot de Blanat avait été tué, encore que le pourquoi commençait à trouver une explication.

Il se rendait à la demeure de Pantaléon Robert de Ligneyrac. Tant pis, il fallait bien l'interroger et le faire parler. Mais, il devait jouer serré.

Après s'être annoncé, il eut la chance que Pantaléon se trouva là. Il avait encore agi par bravade, en indiquant au valet, qu'il avait des révélations importantes à faire au seigneur sur la personne de Charles de Courson, sachant très bien que ce nom allait déclencher une réaction de crainte.

— Que puis-je pour vous Lieutenant ?

— Confirmez les dires du sieur Charles de Courson, qui m'a déclaré que l'assassinat de son cousin était le fait d'un grand personnage, allié de la cour et du roi.

— Je ne sais rien.

— Oh si, messire, vous savez beaucoup de choses, et je vais aller directement aux faits. Vous avez, dans un accès de colère, tué le sieur Guyot, triste sire de son état, qui projetait de tuer son épouse, vous l'avez empêché de le faire, et en cela vous avez essayé de sauver cette demoiselle. Mais je ne suis pas venu pour vous accuser ou vous créer des ennuis, au contraire, je pourrais presque vous complimenter pour cet acte. Je suis venu comprendre ce qui s'est passé par la suite et qui donc, a assassiné Gabrielle de Rilhac.

Pantaléon resta muet un moment, regarda hagard Aymar et se demanda ce qu'il allait pouvoir lui dire, puis un masque de soulagement envahi son visage et il poursuivit.

– C'était un mécréant, je ne pouvais le laisser faire, même si je n'avais pas compris ce qu'il projetait. Je suis venu au château dans la nuit pour l'en empêcher, je l'ai menacé, bousculé et même frappé. Son receveur était déjà mort, tué par les mercenaires qu'il venait de faire sortir. Il l'avait déjà transporté dans la cuisine sur une coustre. Je me suis assuré que Gabrielle était encore vivante. Elle dormait dans sa chambre. Mais je ne l'ai pas tué. Lorsque je suis sorti, il était encore vivant et elle devait encore dormir. Lorsque j'ai appris le lendemain qu'ils étaient morts tous les deux, je n'ai pas compris. Oui, c'est moi qui ai recruté les deux mercenaires, et je n'en suis pas fier, il projetait de tuer son receveur qu'il disait avoir surpris à lire ses comptes. Moi-même, je lui avais emprunté de fortes sommes, et mon nom devait se trouver dans ses livres. J'ai ensuite retrouvé ces gens d'armes, je les ai fait parler, et croyez-moi avec des moyens convaincants, avec l'aide de mes sergents, mais ils ont déclaré s'être enfuis à mon arrivée et n'ont rien commis après mon passage. Ce ne sont pas eux qui ont tué Guyot et son épouse.

– Donc, quelqu'un les a tués après votre passage.

– C'est pour cela que l'on soupçonne les valets ou des domestiques d'avoir accompli ce forfait. Moi-même, j'ai été accusé d'avoir tué Guyot et sa femme, par mon frère et Jean de Rilhac. Je leur ai dit ce qui s'était passé, et j'ai fait témoigner des compagnons que j'avais rejoints dans la nuit pour aller jouer aux cartes et boire. Ils m'ont disculpé et Rilhac m'a cru. Il a donc pensé que les cousins de Blanat avaient tué pour entrer en possession de l'héritage.

– Pourquoi avoir fait déterrer les corps ?

– J'ai une cinquedea, les marques sont caractéristiques, et peu de seigneurs en possèdent dans la région. Le corps de Guyot porte des traces de blessures faites par cette sorte d'arme. Et vous m'aviez fait une remarque sur la mienne, lorsque je suis arrivé, pendant l'enquête. J'ai pris peur et je suis allé voir Charles de Courson pour faire disparaître le corps.

– Pourquoi lui ?

– Je savais qu'il se livrait à des actes de vol et des forfaits sur des marchands. Je l'ai menacé de le dénoncer s'il ne m'aidait pas. Avant cela, je pensais qu'il avait participé à la tuerie, mais les frères Ratoys l'ont disculpé. Je ne pouvais le faire moi-même, on pouvait facilement me reconnaître.

– Comment expliquer que Gabrielle de Rilhac ait été occise par des coups de cognée, les cousins de Guyot se serraient servis de leurs armes.

– Oui, c'est pour cela que Jean de Rilhac pense que des serviteurs ont participé, mais que c'est bien les cousins qui sont derrière ce meurtre.

– Et les deux valets qui se sont enfuis et que Jean Peyrat, le cousin maternel de Gabrielle a arrêtés, pourquoi ne veut-il pas les remettre à la justice.

– En fait, ils ne se sont pas enfuis. Ils sont tout simplement partis avertir Jean Peyrat, le neveu de Jean de Rilhac, ils dormaient dans une grange et ne possédaient pas les clés du château. Le matin lorsqu'ils y sont entrés, ils ont vu le massacre et sont partis pour avertir.

– Pourquoi les retient-on ?

– Ils m'ont aperçu dans la nuit, lorsque je suis sorti. Jean de Peyrat est alors parti avertir son oncle, c'est pour cela qu'il a pensé au départ que j'étais l'assassin. Après m'être expliqué, avec mon frère François et le père de Gabrielle, ils ont décidé de les garder et de ne pas les remettre à la sénéchaussée de Martel, pour me protéger.

– Et pour les remercier, Jean de Peyrat les a pris à son service.

– Oui, c'était plus sûr.

– Bien. Que Guyot soit mort après qu'il ait fait tuer son receveur et projetait de tuer son épouse, on peut dire que la justice est passée, mais il reste à trouver l'assassin de la demoiselle.

–On a dit qu'elle est morte après son mari, elle était encore vivante le matin.

– L'assassin pensait l'avoir tué, mais elle vivait encore. D'après le chirurgien, elle est morte de s'être vidée de son sang. L'assassin est donc arrivé après vous. Il a tué Guyot pour s'emparer de sa fortune, et prendre les livres de compte. Puis il a tué Gabrielle de Rilhac pour éliminer un témoin qui devait s'être réveillée et l'avait vu en pénétrant dans la cuisine. Elle devait donc le connaître. Faites passer le message à votre frère et à Rilhac que je veux trouver l'assassin.

Chapitre 24 : Martel, le 29 janvier 1574.

Le lieutenant général Jean de Linars arpentait la grande salle du troisième étage de la Raymondie. Il attendait d'un instant à l'autre François Robert de Ligneyrac et se doutait que l'entretien ne serait pas facile. Aymar Duboys l'avait informé de ses entretiens avec les personnes, et finalement, ils en avaient conclu que cela devait rester confidentiel. Guyot avait payé son forfait, et un autre procès ne ferait qu'aggraver la situation. Quant à trouver les gens qui avaient tué Guyot et son épouse, il ne partageait pas les réflexions d'Aymar, car enfin les deux individus que l'on soupçonnait, Verdun de Blanat et Antoine de Maleville étaient en fuite, disparues de la région. Il était certain que le tribunal se prononcerait dans les prochains jours à une condamnation par contumace, et qu' ils seraient très certainement condamnés à mort.

Ligneyrac entra dans la pièce, et tout en le saluant rapidement, commença l'entretien.

– Pourquoi ce procès traîne-t-il ? Vous savez que la cour, et le roi en premier suivent de très près son évolution et s'impatientent des débats inutiles.

– Vous savez comme moi, messire, que la sentence touchera les écuyers en fuite, et que le discrédit tombera aussi sur certains huguenots. Le roi sera satisfait.

– Pas besoin de tout examiner, il suffit de trancher.

–Ce qui retarde le déroulement, c'est que Jean de Rilhac s'est porté partie civile et de ce fait réclame l'ensemble des biens de la famille. S'il ne s'agissait que de désigner des coupables, cela aurait été prononcé depuis longtemps. Pourquoi donc mélanger la partie civile et la juridiction royale pour jugement de ces crimes ?

– Il faut absolument que tous les biens de Guyot de Blanat, et notamment ses fiefs, soient entre nos mains, nous sommes les serviteurs du roi. Des troubles vont certainement éclater dans la province. Le Vicomté tout entier risque de basculer aux mains de la partie protestante, il nous faut renforcer nos places fortes et assurer les bourgs où nous pourrons lutter. Les troupes huguenotes ont investi Teyssieu, Cardaillac et Tronquières (35). Ils veulent investir Figéac. Partout, ils reprennent les armes. Sarlat, Saint-Céré, Beaulieu sont menacés. Il nous faut renforcer la région de Martel et mettre des garnisons aux alentours.

– Je comprends vos préoccupations, mais avouez que nous nous sommes couverts de ridicule en mettant en geôles des habitants de Saint Michel ainsi que les servantes. Vous savez comme moi que ces personnes n'ont rien à voir avec les faits, sauf à être témoins. En plus vouloir faire passer devant le tribunal des enfants, sous prétexte qu'ils étaient informés des manigances de leurs parents, et notamment un enfant de cinq ans.

---

[35] Places fortes de la région.

–Vous avez raison, mais il est vrai aussi que Jean de Rilhac, au-delà de son devoir envers le roi, souhaite faire la lumière sur l'assassinat de sa fille. Comment allez-vous procéder ?

–Je vais conduire le tribunal à maintenant rendre son jugement et à clore le procès. Nul doute que la fortune des époux restera aux mains de Jean de Rilhac. La seule qui aurait pu prétendre à une partie des biens, la tante de Guyot, ne s'est pas portée partie civile. C'est donc entendu. Je vous ferai prévenir dès le verdict rendu, pour que vous puissiez vous-même avertir la cour. Au fait, quelles en sont les dernières nouvelles ?

– Le roi est de plus en plus malade, on se demande s'il n'a pas subi un empoisonnement (36), il suinte du sang de par tous les pores de sa peau. Je crains qu'il ne lui reste plus très longtemps à vivre.

– Et dans ce cas, que va-t-il se passer ?

– Il a désigné formellement le duc d'Anjou, actuellement en route pour la Pologne comme son successeur, puis l'a confirmé ces derniers jours. Des coursiers font le déplacement régulier pour informer le duc d'Anjou, qu'il se tienne prêt à rentrer à Paris, le plus rapidement possible au cas où.

– Et le duc d'Alençon ?

– Dieu nous préserve de lui, il a rejoint la cause des huguenots pour trouver des alliés, et fait lutte commune avec Henri de Navarre. D'après les rumeurs, il s'est allié à certains

------

36 C'est la rumeur que l'on faisait courir.

grands du royaume qui gardent rancune à Charles IX de vouloir renforcer l'autorité royale et diminuer leurs privilèges. Le duc d'Alençon profite de ces rancœurs pour comploter contre son frère le roi et prendre sa place, au détriment du duc d'Anjou.

– Pourquoi soutenez-vous le duc d'Anjou dans cette succession ?

– Parce qu'il est intransigeant avec les huguenots. Par contre le duc D'Alençon composera avec eux et sera même prêt à leur octroyer un état et des privilèges importants.

– Et si cela devait arriver ?

– Nous sommes prêts à répondre à cela et à mener une guerre totale (37), et à faire ce qu'il faut pour les discréditer comme l'exige le roi.

– Cela va engendrer des ravages et des destructions de nouveau.

– Oui, sans doute, mais c'est le prix à payer pour combattre tous ces malcontents qui veulent instaurer une politique de tolérance.

– Pauvre royaume de France !

– Il sera pauvre tant que tous ces hérétiques ne seront pas mis à mal. Je vous laisse, je dois rejoindre la cour et informer le conseil du roi.

Resté seul, Jean de Linars, fit appeler Aymar.

---

[37] Slogan de la ligue à cette époque pour désigner le fait qu'ils veulent « éradiquer » la réforme.

– Ah, vous voici, je viens de m'entretenir avec François Robert de Ligneyrac, nous allons conclure pour le procès, rien ne pourra empêcher les conclusions voulues, qu'elles soient conformes à la vérité ou non.

– Messire, vous savez que la seule question qui reste est de connaître le nom du ou des assassins.

– Oui, je sais mais pour l'instant nous n'avons pas avancé sur cette question.

– Si au moins je pouvais interroger les deux valets, et savoir s'ils n'ont aperçu d'autres personnes aux abords du château, le matin.

– Laissez les événements se dérouler, lieutenant, il est trop tard maintenant pour changer le cours des choses.

En le quittant, Aymar se posa quelques questions sur les motivations de Jean de Linars. Il commençait à douter que celui-ci veuille un jour découvrir la vérité.

Aymar se rendait à Jugeals de Nazareth, voir Jean Peyrals, gentilhomme de la maison du roi. Il fallait qu'il l'autorise à voir les valets qu'il gardait toujours en sa demeure.

On le fit patienter longtemps, à croire que Jean de Peyrals avait demandé conseil à son oncle en envoyant un messager avant de lui parler. Après deux heures d'attente, il le reçut.

– Bonjour, lieutenant, je vous ai fait attendre, mais je devais terminer des actions importantes.

– Certainement le fait de demander à votre oncle par alliance, Jean de Rilhac, de savoir si vous deviez accéder à ma demande d'interrogatoire des gens de Guyot de Blanat. Je vais être direct avec vous. Je sais que ceux-ci n'y sont pour rien dans ce drame. Ils ont dormi à l'extérieur et ne pouvaient posséder les clés qui ouvraient les portes du château. Ils ont vu les cadavres le lendemain matin en s'y rendant, c'est ce que m'a déclaré Jean Meynard quand vous l'avez emmené. Mais je souhaite interroger l'autre, Pierre Vergnas. Il se peut qu'il ait aperçu quelqu'un d'autre qui est, peut-être l'assassin de Gabrielle de Rilhac, votre cousine, et de son époux.

– Je l'ai déjà interrogé.

– Nous ne pratiquons pas le même métier. Le mien est d'interroger les personnes et de voir ce qui est important dans ce qu'ils disent. Vous ne pouvez pas vous y opposer ne serait-ce que pour la mémoire de votre cousine.

Après quelques instants de réflexion, l'intéressé céda.

– Bien, vous allez le voir, mais en ma présence.

– Il ne vous a pas échappé que je suis venu sans mon greffier. Son témoignage restera pour l'instant secret, mais si quelque chose nous permet de découvrir le meurtrier, j'en ferai état, sachez-le.

– Bien, je vais le faire chercher.

Un bref moment plus tard, le serviteur entra dans la pièce, prit son chapeau dans ses mains, et baissa la tête en voyant le lieutenant de police.

– Pierre Vergnas, je veux que tu me dises ce que tu as vu ce matin du 4 novembre, quand tu t'es rendu au château avec ton compagnon.

– Nous avions dormi dans la grange et après le réveil, on s'est rendus dans la demeure. On savait que c'était l'heure où le seigneur ouvrait les portes. En arrivant, on a été surpris, la porte était ouverte. J'ai entendu un bruit derrière moi dans la cour, et je me suis retourné, j'ai vu qu'il s'agissait de Bernard Darques, le notaire de Saint Michel qui était souvent en relation avec le maître. Mon compagnon ne l'a pas vu aussi bien que moi, il était devant et avait déjà pénétré dans la cuisine.

– Ensuite ?

— On est entré, et on a vu les corps, meurtris et plein de sang. Notre maître et son receveur étaient côte à côte et notre maîtresse un peu plus loin. On est resté sans rien dire puis on est sorti et on s'est dit qu'il fallait avertir messire Rilhac, comme il nous l'avait demandé peu de temps auparavant. Il nous avait dit que si un malheur survenait, on devait l'avertir sans plus attendre. C'est que l'on a fait. On a pris la route, mais sur le chemin, messire Jean Peyrat nous a vus, nous a reconnus et nous a retenus. Il a fait prévenir messire Rilhac et ils nous ont interrogés. Nous leur avons dit ce que nous avons vu.

— Ta maîtresse était encore vivante, quand vous êtes arrivés ce matin-là.

— C'est ce qu'on nous a dit ensuite, mais on ne savait pas. On pensait qu'ils étaient tous morts. On était plus proches des corps de notre maître, et on a bien vu qu'il était mort. On a pensé qu'ils étaient tous occis. On a eu peur.

— Et la nuit, as-tu entendu ou vu quelque chose ?

Le valet baissa de nouveau la tête, et ne dit rien.

— Je sais que tu as reconnu Pantaléon Robert de Ligneyrac, parle.

— Oui, c'est vrai, et je l'ai déjà dit. Je l'ai reconnu malgré la nuit. Son allure et son cheval sont reconnaissables, et il venait souvent voir le maître. J'étais sorti de la grange pour un besoin pressant.

— As-tu vu ou aperçu autre chose.

– Non, sauf après dans la nuit, on a cru entendre des bruits de chevaux près de notre grange.

– Longtemps avant la levée du jour ?

– Oui, bien avant.

– Bien, pour l'instant, cela reste entre nous, tu peux sortir.

Resté seul avec Jean Peyrat, Aymar lui dit :

– Je pense qu'il nous dit la vérité.

– Cela me semble également, je compte même le prendre à mon service.

– Bien, nous savons maintenant qu'à l'heure probable des meurtres, un ou des cavaliers étaient à proximité du château, et le notaire de Saint Michel se trouvait dans les parages le matin. Je vais continuer mon enquête. Tenez informé Jean de Rilhac. Je vous ferai part de ce que j'aurai découvert par la suite.

Chapitre 26 : Martel, le 23 février 1574.

S'étant levé, Aymar consigna ensuite par écrit, son entretien de l'avant-veille avec le valet. Après s'être annoncé par le domestique, son greffier Pierre, entra et lui dit rapidement :

– Messire, êtes-vous informé des événements de la nuit ?

– Que veux-tu dire ?

–Des troupes protestantes ont profité de la fête du mardi gras (38), et tout en étant déguisées, se sont emparées de plusieurs places fortes dans la nuit. Sarlat est tombé entre leurs mains, et d'après des rumeurs la rébellion est partout, dans le haut Quercy (39) , mais aussi le Poitou, le Vivarais. C'est tout le sud du royaume qui est en révolte. La garnison de Martel est en alerte, les portes de la ville sont closes.

– Je devais me déplacer ce jour, je crois que mon voyage est remis. Je vais prendre les ordres auprès du lieutenant général.

– Que pensez-vous messire, du jugement de Blanat.

– On ne pouvait pas en imaginer un autre, Pierre. Les deux écuyers ont été jugés et condamnés à mort par contumace. Reste à savoir si on les retrouve un jour.

---

[38] Ainsi désigné pour nommer ces actions, où profitant des déguisements, les troupes protestantes s'emparent de nombreuses cités.
[39] Subdivision de l'époque, le chef-lieu est la ville de Cahors.

– On dit que le capitaine de Maleville, huguenot de son état, a pris le château de Thégra, tué son seigneur, et forcé son épouse. Il est maintenant bien installé dans la place (40).

– Je l'ai entendu dire. De ce fait, Antoine de Maleville est associé aux méfaits de son parent, c'est ce que retiennent les gens.

– De toute façon, messire, si les parents de Guyot l'ont assassiné, le crime ne leur a pas profité, car c'est le seigneur Jean de Rilhac qui a hérité des possessions de son gendre. Il y a eu justice.

– Oui, justice, peut-être, Pierre, peut-être.

Aymar dû patienter de longues semaines avant de se déplacer. Entre-temps, les événements du royaume continuaient. Un complot avait échoué vers le mois de février, mais de justesse. Après la prise de certaines places dans les régions de France, une troupe s'était présentée à Saint Germain en Laye pour faire évader François d'Alençon et Henri de Navarre. La cour, totalement affolée s'était réfugiée dans la nuit, dans la forteresse de Vincennes et sous bonne garde. Le roi avait exigé la reddition de la troupe rebelle. De cet épisode, que le peuple appelait déjà « l'effroi de Saint Germain », la reine mère Catherine de Médicis avait su également tirer parti pour mettre sous surveillance son fils François, qui par peur avait tout avoué du complot à sa mère. Pardonné par le roi, les choses étaient rentrées dans l'ordre et les

---

[40] Le château de Thégra devint alors une place forte protestante jusqu'en 1580.

grands seigneurs qui y avaient participé avaient été graciés. Mais Aymar savait bien que ce n'était que partie remise, et que d'autres événements viendraient perturber le royaume (41).

En cette fin mars, le temps redevenait clément, il était important maintenant de rendre visite à quelqu'un.

Avant de partir, il alla voir à Jean de Linars.

– Ah, vous voilà Aymar !

– Messire, il faut que j'aille revoir le notaire de Saint Michel, je veux savoir ce qu'il faisait le matin même près du château, alors qu'il m'a dit ne s'y être rendu que la veille au soir.

– Je pense le savoir, Jean de Rilhac m'a dit avoir fait avouer à celui-ci qu'il y était pour prendre les livres de comptes et les papiers qui se trouvaient, à la demande de Guyot. Celui-ci avait bien imaginé un traquenard. Il avait demandé à son notaire de passer le lendemain matin pour dérober les livres et les documents et ainsi faire croire à un vol. Ensuite, il devait avertir les gens de Saint Michel ou les domestiques. Mais il a pris peur en voyant que cela avait mal tourné et que son maître était mort. Il a quand même fait disparaître tous les documents. Dans sa fuite et en panique, il a emporté les clés des coffres. Ensuite, s'en apercevant, il les a remis dans la chambre haute, sous le lit des époux, lors du déroulement de l'enquête.

---

[41] Il y eu deux complots des malcontents, suite au premier décrit ici, le second survint peu de temps après, on parla alors de conjuration.

– Et qui nous dit qu'il n'est pas l'assassin ?

– Effectivement, c'est possible.

– Reste une question, pour que Guyot fasse croire à un vol, l'argent devait disparaître et être caché dans un autre endroit. Mais nous ne l'avons pas trouvé lors de l'inventaire. Bien, je vais aller le trouver et voir ce qu'il en est.

Quelques heures plus tard, Aymar se trouvait devant la maison. Il frappa fort, et la domestique lui ouvrit la porte rapidement. La bousculant presque, Aymar entra et pénétra dans la grande pièce où se trouvait Pierre Darques. Le soulevant de sa chaise, l'agrippant au col, il lui dit.

– Maintenant, tu vas tout me dire et rapidement.

Véronique ne put s'empêcher de repenser à son « enquête » sur le drame de Blanat qui l'avait occupé durant de nombreux mois. Par un hasard inexpliqué, le téléphone sonna et l'affaire refit surface.

– Bonjour, Antoine au téléphone. Comment allez-vous ?

– Bien, je vais bien.

– Je ne vous dérange pas ?

– Non, pas du tout !

– Je pensai que le fait de reparler de notre enquête pourrait vous intéresser.

Il n'avait pas tort, et l'attention de Véronique fut pour le moins immédiate.

– J'ai reçu hier un mémo de mon ami, vous savez le grand spécialiste du vieux français.

– Oui, il a pu déchiffrer de nouveaux documents.

– Oui, et un texte qui pourrait correspondre à une forme de témoignage du notaire, des aveux, en sorte.

– Je vous écoute.

– Dans le document, il dit qu'il était informé par Guyot de son projet de faire disparaître son receveur. Celui-ci l'avait forcé à participer, non pas activement mais en l'aidant à faire disparaître des documents qui se trouvaient au château et à les mettre en lieu sûr dans son étude. Il devait beaucoup d'argent à Guyot, et a été contraint de lui obéir. Il devait simuler une découverte de l'attaque le lendemain, témoigner que Guyot était inconscient, et qu'un vol avait été commis. À sa grande surprise, il découvre les trois corps, prend peur, enlève malgré cela les livres et part les cacher. Entre-temps, l'alerte est donnée, il participe à l'enquête. Il s'aperçoit qu'une mendiante est présente dans la cour, l'interroge, mais elle ne l'a pas vu. Comme, par contre, dans la nuit elle a vu deux hommes y pénétrer, il l'a gardée le temps que le lieutenant de police l'interroge. Une déclaration importante concerne Gabrielle de Rilhac, il précise qu'il n'était pas informé du dessein de Guyot d'attenter à ses jours. Il le comprend quand le père Jean de Rilhac vient le voir, lui parle d'un document qu'il possède dans son étude. Il l'ouvre, le recopie pour Rilhac, et prend connaissance des aveux de Guyot.

– Il ne pouvait pas en avoir eu connaissance avant ?

– A priori, il indique que les documents étaient scellés.

– Comment être sûr qu'il n'a pas participé aux meurtres ?

– Sa maisonnée témoigne en sa faveur qu'il était présent dans sa demeure cette nuit-là, et qu'il n'en est sorti qu'au petit matin.

– De quand datent ces aveux.

– Mars 1574, il les a fait en présence du lieutenant de police qui semble donc avoir tout deviné et qu'il l'a certainement forcé à écrire ce témoignage. Enfin, je vous ai résumé l'ensemble, car le document est complet et fort long.

– C'est assez incroyable, pourquoi ne pas l'avoir arrêté pour complicité.

– N'oubliez pas les conditions de l'époque. La région est en pleine guerre et en révolte à travers ce qu'on appellera la cinquième guerre de religion. Le royaume est au bord du chaos. Le roi se meurt, et pour couronner le tout, si je puis dire, les protestants occupent presque tout le Quercy, en dehors de Martel et de Cahors. Alors à mon avis, le crime de Blanat passe au second plan, et un emprisonnement pour complicité du notaire semble bien dérisoire au lieutenant de police. C'est pourquoi il lui semble préférable de faire signer ces aveux, il en emmène un double, et pourra s'en servir le moment venu.

– D'autres détails ?

– Pas grand-chose. Ah, si, il dit avoir pris les clés des coffres par mégarde et les avoir remis au château plus tard, en les cachant sous un lit.

–Tout cela est quand même fantastique, mais d'une certaine façon, confirme nos hypothèses. S'il est chargé par Guyot de faire disparaître les documents et les livres, que devient l'argent ?

– Que voulez-vous dire ?

– Pour que Guyot fasse croire à sa mise en scène, cela suppose que l'argent ne soit pas retrouvé.

– Vous avez raison, mais on n'en retrouve pas, alors que son receveur venait de lui remettre une forte somme. Il l'a donc dissimulé quelque part, dans un autre endroit.

– Et son assassin le fait avouer avant de le tuer.

– Certainement, à part que l'on ne sait toujours pas qui !

Chapitre 28 : Martel, le 29 avril 1574.

Aymar se trouvait en compagnie du lieutenant général. Ils commentaient les derniers événements qui s'étaient déroulés dans le royaume.

– Ils seront donc exécutés, questionna Amar.

– Oui, demain, décapités, deux grands seigneurs La Mole et Connonat, jugés coupable de complot (42). Cette fois-ci, le roi n'a pas pardonné. Quant au duc D'Alençon et Henri de Navarre, leur procès est maintenant terminé. Le duc a tout avoué, l'étendue du complot, les détails, le nom de ses complices. Je pense que les conjurés n'auraient pas dû faire confiance à cet être peureux. Finalement, il n'a pas le caractère de ses ambitions. Sa seule défense a été de dire à la cour que sa mère et son frère le roi ne l'aimaient guère.

– Et Navarre ?

– Une défense plus habile et une habitude plus courageuse, il a plaidé la légitime défense devant la Cour de Justice. Il a précisé que sa vie était menacée depuis longtemps, et que la seule façon de se défendre était de prendre la fuite.

– Que va-t-il se passer ?

---

[42] Impliqués dans la conspiration des malcontents, ils furent exécutés le 30 avril 1574.

–Ils sont intouchables, étant princes de sang, ils resteront sous surveillance au château de Vincennes. Mais leurs complices, eux, seront bien exécutés. Il reste que si la situation de la cour, grâce à l'habilité de Catherine de Médicis, est pour l'instant sauvée, le royaume est en perdition. La Normandie est envahie par une armée anglaise sous le commandement de Gabriel de Lorges, comte de Montgomery. Et la plupart des régions se sont soulevées. Seules les grandes villes du nord du royaume et quelques autres du sud, dont Martel résistent. Le vicomte de Turenne, Henri de la tour d'Auvergne est très compromis et quasi en fuite, mais le pouvoir ne pourra s'en saisir, il est au milieu de ses troupes.

– Rilhac et Ligneyrac ?

– Ils essayent de battre le rappel des catholiques et parcourent la campagne pour éteindre l'incendie de la révolte. Mais le feu reprend de toute part.

– Que faisons-nous messire ?

– Rien, enfin on garde la ville et on s'oppose à toute invasion. Restons dans la ligne de l'autorité légale du roi, mais ne prenons pas part aux massacres.

– Bien, que disent les notables ?

– Pour la plupart, ils sont attachés au roi et à la religion catholique, certains voudraient en profiter pour se démettre de la tutelle du vicomte de Turenne. Mais j'ai réussi à les calmer, en leur disant que si leur opposition était trop forte, leur ville serait mise à sac et pillée et leurs biens saisis. Cela les a calmés pour un moment. Pour changer de sujet, j'ai bien lu votre déposition sur les aveux du notaire et sa « confession ». Cela ne permettra pas d'ouvrir un nouveau procès.

– De toute façon, il n'avoue pas être impliqué dans le meurtre des époux, mais dans le vol des livres et des documents.

– Le pensez-vous coupable ?

–Non, je pense qu'il m'a dit la vérité, et sa maisonnée à bien témoigner qu'il n'a pas quitté sa demeure dans la nuit, même s'il est complice de meurtre sur la personne du receveur. Reste donc à trouver l'assassin ou les assassins.

– Ne pensez-vous pas que cette histoire est close. Qui ne voudra la rejuger, et certainement pas le pouvoir royal, or nous en dépendons.

–Je sais qu'un autre procès n'aura pas lieu, mais par devoir de justice et de mémoire, j'aimerais donner un nom au meurtrier.

– Quel aurait pu être le mobile ?

– Je continue à penser que l'argent et les documents sont les mobiles mais qu'on a voulu nous faire croire qu'il s'agissait du vol d'une bande armée qui aurait tué les trois personnes.

– Que voulez-vous dire ?

– Je pense qu'on a tué Gabrielle de Rilhac parce qu'elle avait vu l'assassin. Puis on a déplacé le corps dans la cuisine, près de la cheminée, et on a déposé la cognée dans la même pièce. Le corps de Guyot a été déposé sur la coustre, près de celui de son receveur, toujours dans le même but. Ensuite on renverse les objets, on met le désordre pour faire croire à un vol qui aurait mal tourné. Pour brouiller encore plus ce crime, on a utilisé la cognée sur les trois cadavres, alors que Guyot était déjà mort, tué par une cinquedea et le receveur par un coup de pistole.

– Mais pourquoi ?

– Pour nous faire penser que les auteurs cherchaient l'argent mais ne savaient pas où le trouver et avaient fouillé la pièce. Alors que les assassins savaient très bien où il était. Ils faisaient ainsi croire qu'ils n'étaient pas des familiers, et qu'il s'agissait d'une bande de soudards ayant pénétré dans ce château et recherchant des richesses. J'ai failli tomber dans le piège, c'était habile.

– Vous pensez qu'ils connaissaient Guyot ?

– Très certainement, et ils étaient parfaitement renseignés.

Aymar se rendit à la citadelle, bloqué depuis deux mois dans la ville de Martel, il s'occupait des affaires courantes. Mais les événements des dernières semaines n'inspiraient pas la confiance. La région était en proie à des escarmouches de toutes parts. Les villes et bourgs étaient pris par les protestants, puis repris par les catholiques, ou l'inverse. Il ne faisait pas bon sortir en dehors des remparts de la ville. Seuls, quelques courriers arrivaient de temps à autre, transportés par les messagers royaux. C'est ainsi que l'on avait appris la mort du roi Charles IX, décédé dans d'atroces souffrances le 30 mai dernier. Entre-temps, le gouverneur de Normandie avait fait prisonnier Montgomery, qui voulait envahir la région. Son exécution par le roi avait été rapide. La reine Catherine de Médicis avait pris la régence du pays, en attendant le retour du duc d'Anjou, qui serait sacré roi de France. On avait aussi appris qu'une bataille importante avait eu lieu à Besançon, et que les catholiques avaient pris le dessus. Malgré cela, les protestants occupaient tout le sud de la France, et certains catholiques se demandaient maintenant, s'ils avaient choisi le bon camp. Ils étaient de plus en plus nombreux à rejoindre celui des malcontents.

Malgré toute cette confusion et l'état de la France, enfin de ce qu'il en restait, l'idée de l'union des provinces du sud avait fait son chemin. Certaines idées propagées et décrites dans le manifeste plaisaient à Aymar. Une assemblée du peuple se réunissant régulièrement pouvait décider de la guerre ou de la paix, faisait la loi et votait les impôts. Il serait mis fin au pouvoir royal absolu. Certains pensaient même élire le roi. La révolte serait légitimée si le roi ne gouvernait pas pour le bien de tous et ne respectait pas les libertés du peuple.

Aymar était toujours à la recherche de l'assassin Il lui était impossible d'interroger de nouveau le père de Gabrielle et François Robert de Ligneyrac. Ils étaient retranchés dans leurs fiefs avec des royaux et se battaient un peu sur tous les fronts contre les protestants. Par contre, la veille, le frère de François, Pantaléon était revenu à Martel. Il se rendait à sa demeure pour le voir et l'interroger de nouveau.

En arrivant devant celle-ci, il vit deux hommes d'armes qui la gardaient. Ils lui interdirent de faire un pas de plus pour entrer.

– Dites à messire Pantaléon de Ligneyrac que le lieutenant de police du roi souhaite le voir !

Quelques instants après, l'un d'entre eux revenant de l'intérieur de la demeure, lui fit signe qu'il pouvait y entrer.

Il pénétra dans la grande salle de la demeure et y vit Pantaléon, entouré de plusieurs hommes d'armes, la main sur leur épée.

– Que voulez-vous ?

– Vous posez quelques questions.

– C'est maintenant du passé, de plus elle est jugée, les assassins ont été condamnés par contumace, ne doutons pas qu'ils soient un jour arrêtés et remis aux mains du bourreau.

– Je ne suis pas sûr que la justice soit rendue.

– Elle l'a été. Et je ne réponds plus à vos questions. Je ne comprends pas non plus que vous défendiez des hérétiques coupables d'avoir assassiné des personnes sans défense. Que cherchez-vous ?

– La vérité !

– Sortez et ne venez plus m'importuner, la prochaine fois, je demanderai à mes hommes de vous interdire de me voir.

– Sachez que je continuerai à chercher.

Sans rien ajouter, il sortit. Il avait compris que des consignes avaient été données par le chef de la famille Ligneyrac pour ne plus répondre à ses questions. La partie allait être difficile à jouer.

Se rendant dans la pièce du palais de la Raymondie où il travaillait, il y vit son greffier qui lisait des documents.

– Bonjour Messire, je souhaite vous voir, et vous faire part de ce que j'ai découvert.

– Je t'écoute, Pierre.

– Comme vous me l'avez demandé, je me suis rendu chez le notaire de Saint Michel et j'ai consulté toutes les pièces et manuscrits de Guyot de Blanat. Malgré la réticence de celui-ci, et après l'avoir menacé de votre colère, j'ai pu consulter ceux-ci mais aussi les livres de comptes. Je pense avoir découvert quelque chose qui pourrait expliquer son meurtre et peut-être celui de son épouse.

– Et bien ?

– Il me semble, en regardant de près les livres, que le sieur Guyot était l'un des pourvoyeurs d'argent des provinces unis du midi. Je n'ai pas réussi à mettre un nom derrière chaque initiale, mais enfin, j'y retrouve beaucoup des participants de l'assemblée de Millau du mois de décembre dernier. Certains commentaires de sa main me font penser que cette constitution qu'ils ont élaborée demandait beaucoup d'argent. Ils veulent enrôler tous les gens susceptibles de porter les armes, de créer des compagnies de 100 soldats, commandées par un capitaine et elles ne devront pas se livrer à des rapines pour vivre mais devoir être autonome sur le plan logistique. Pour ce faire, des commissaires aux vivres seront nommés, et en attendant de lever un impôt dans chaque ville, pour subvenir aux besoins des compagnies, des prêteurs seront sollicités. Guyot de Blanat en faisait partie. Des sommes importantes ont semble-t-il rejoint la réforme pour constituer cette armée, et Guyot s'apprêtait à en verser une somme encore plus grande.

– Si ce que tu dis est vrai, c'est effectivement une cause de meurtre possible, car en le tuant, on met fin à cet envoi d'argent. Donc, en admettant cette hypothèse, on peut supposer que ce meurtre aurait été commandité par des catholiques.

– Cela ne l'empêche pas de prêter de l'argent aussi à des catholiques.

– Oui, Pantaléon de Ligneyrac me l'a avoué. Mais il y a une différence entre prêter de l'argent à des particuliers et être le banquier d'une cause.

Chapitre 30 : Toulouse, juin 2006

Le temps avait passé, et pourtant Véronique comme d'ailleurs Antoine se téléphonaient régulièrement pour évoquer leur enquête. Les suppositions, les hypothèses fusaient souvent dans leurs discussions. Les nombreux documents retrouvés dans la maison de Saint Michel continuaient à être exploités, mais aucun d'entre eux n'avait apporté un éclairage supplémentaire sur leur affaire. Il restait donc à expliquer qui avait assassiné Guyot et pourquoi, ainsi que son épouse.

Elle se demandait régulièrement si le lieutenant de police, qu'elle avait appris à connaître à travers les récits qui subsistaient de l'époque, avait réussi à répondre à ces questions. Elle n'avait aucune preuve écrite de cela, mais elle le ressentait au plus profond d'elle-même. Et si c'était le cas, comment y était-il parvenu ?

Elle continuait de loin en loin à travailler sur l'intrigue, mais maintenant, c'était sur son temps de congé. Antoine lui avait conseillé de rencontrer avec lui un éminent historien médiéviste qui pourrait leur apporter un éclairage particulier et les faire avancer.

Elle se rendait donc, de nouveau dans les locaux des archives départementales pour y rencontrer avec Antoine, le professeur d'université Olivier Legoff. Son domaine de prédilection était justement le XVI siècle, et plus particulièrement les guerres de Religion, avec, comme lui avait expliqué Antoine, une connaissance importante sur l'histoire politique de cette époque.

Pénétrant dans la salle de documentation qu'elle commençait à bien connaître, elle fut surprise de découvrir le professeur. Elle l'avait imaginé vieux, portant lunette et costume sombre et se retrouvait devant un homme encore jeune, habillé de façon moderne et avec goût. Loin de l'image du professeur de la Sorbonne qu'elle avait esquissée dans son esprit. Celui-ci la salua avec beaucoup de charme et lui dit immédiatement :

– Content de faire votre connaissance, Antoine m'a informé de l'ensemble de vos recherches, et j'avoue me passionner pour celles-ci. Mais il serait plus simple que vous me posiez des questions. Mes réponses pourront, je l'espère, vous faire avancer dans votre découverte.

– Je sais qu'Antoine vous a déjà dressé un tableau complet de l'ensemble. Et nous avons avancé considérablement sur l'un des meurtres, mais pas sur les deux autres. Ma première question porte sur le mobile ou les mobiles qui auraient pu conduire une personne ou des personnes à tuer Guyot et son épouse, en dehors de ses cousins et d'une histoire d'héritage que nous avons presque écartée.

–Je vais essayer d'être précis et concis. Laissons donc cette hypothèse et celle d'assassins huguenots qu'a retenue la morale catholique de la France du XIX siècle et qui sauvegardait la bonne foi de l'église. À cette époque, même si la religion protestante était minoritaire dans le pays, en comptant l'ensemble de la population, elle est majoritaire dans les élites. La moitié de la noblesse du pays y est acquise. La grande majorité de la bourgeoisie est convertie, des régions entières ont basculé. Vers 1574, on est proche d'une indépendance des régions du sud de la France. Une constitution est d'ailleurs rédigée, et donne un vernis important de monarchie parlementaire. On ne conteste pas la royauté, mais on y met des limites importantes et on parle même d'élire le roi. Il n'est plus, de par cette constitution, de droit divin. Les villes et régions ont des pouvoirs importants et une forme de fédéralisme commence à voir le jour. C'est donc intolérable pour le roi et son entourage, qui vacille d'autant plus que des gens de la cour, et notamment des princes de sang prennent le parti de la réforme. Celle-ci n'est pas seulement une remise en cause des dogmes de la religion catholique, elle est aussi une remise en cause du pouvoir politique, donc du roi, de la société et des principes économiques qui régissent le royaume, à travers notamment la remise en cause des impôts de l'époque. En résumé, c'est toute une société qui est sur le point de basculer. Cette propagation des idées nouvelles est rapide et est possible de par les écrits importants qui les diffusent. C'est la raison pour laquelle, les élites y sont sensibles, ils savent lire et écrire. Et puis la renaissance a fait son œuvre et a ouvert cette société sur d'autres idées. Les seuls soutiens massifs de la royauté et de la religion catholique sont en dehors du pouvoir royal, le peuple, souvent inculte, est sous la férule du clergé.

– Intéressant, mais quel est le lien ?

– Le point d'ancrage, c'est le fait que vous avez découvert par les documents retrouvés que Guyot pratiquait l'usure, moi je dirai qu'il pratiquait le métier de banquier. Peu importe ses raisons, mais il était le pourvoyeur de fonds de la réforme. On pense que la répression menée par le pouvoir royal pour contrecarrer celle-ci, se passe sur le plan militaire et avec des procès qui jugent et exécutent certains leaders huguenots. Mais c'est aussi en essayant de tarir les sources financières qui l'alimentent. Car elle a besoin d'énormément d'argent.

– Plus que la cause catholique ?

– Autant sinon plus, de par les décisions prises. Prenez le cas des armées, pour les catholiques, les troupes levées sont des armées de métier, peu rémunérées mais qui se payent sur la population et le pillage. La nouvelle religion prévoit dans sa constitution (43), des armées de conscription, c'est une première, et qui seront payées par des impôts levés dans chaque ville et région en fonction de sa richesse. C'est donc des hommes du pays qui ne pratiqueront pas le pillage. En plus des sanctions sont prévus en cas de rapine. Mais en attendant la mise en place et la levée de ces impôts, il faut bien alimenter cette armée de conscription par de l'argent qu'on doit emprunter..

---

[43] Dite de Millau et rédigée de 1573 à 1574.

– Votre théorie serait que des catholiques auraient pu exécuter Guyot parce qu'il « subventionnait » les protestants.

– De nombreux bourgeois fortunés de l'époque ayant fait pareil que lui, ont été exécutés dans certaines régions.

– Cela a suffi pour faire basculer les guerres de Religion.

– Non, mais cela l'a affaibli. Finalement, Henri de Navarre devient Henri IV mais au bout de plus de quinze ans de guerre. Et il a fallu les règnes de Louis XIII et Louis XIV pour « reconquérir » les pouvoirs qui avaient été mis à mal par la réforme. À titre d'exemple, n'oubliez pas que le siège de la Rochelle par Louis XIII est dû au fait que depuis 1568, La Rochelle s'est déclarée République indépendante, et la fin de cette « autonomie » ne sera effective qu'en 1628, après la reddition de la ville aux troupes royales.

– Un éclairage souvent absent de notre apprentissage de l'histoire.

– Oui, c'est vrai. Autre exemple, le roi soleil. Durant sa jeunesse, il est confronté à une révolte, qu'on a nommé la Fronde et qu'on a souvent présenté comme un soulèvement des nobles du royaume. Mais, au départ, c'est une rébellion parlementaire. Elle débute en juin 1648, par une déclaration du parlement de Paris avec des articles qui limitent fortement le pouvoir royal. Ce n'est que deux ans plus tard que cette fronde est rejointe par des nobles et des grands du royaume. N'oubliez pas que Paris fut soumis au siège des armées royales durant plusieurs mois. D'ailleurs, ce mouvement parlementaire se répand partout en Europe. C'est cinquante ans plus tard que le parlement anglais décide de l'exécution du roi Charles (44). L'histoire a oublié que le premier souverain européen à être exécuté par son peuple fut anglais, et non français avec Louis XVI. Et la première « république » fut anglaise avec la création des états Commonwealth d'Angleterre et la destitution de la monarchie durant quelques années (45).

– Passionnant, mais comment corroborer cette hypothèse ?

– Il faut chercher parmi les nobles catholiques de cette époque qui auraient pu commettre cet acte, et chercher dans les documents conservés si on peut retrouver des traces d'une fortune qui se serait considérablement accrue.

---

[44] Charles I, roi d'Angleterre, d'Ecosse et d'Irlande, il est exécuté en 1649, sur ordre du parlement anglais. Une république voit le jour en Angleterre, nommé Commonwealth sous l'influence d'Oliver Cromwell.

[45] La royauté fut restaurée en 1660, mais avec un partage des pouvoirs entre celle-ci et le parlement.

Chapitre 31 : Martel, juillet 1575.

De nouveau Aymar, repensait aux dernières nouvelles qu'il avait apprises du royaume, bien que l'on ne puisse presque plus parler du royaume de France. Il y avait maintenant deux pouvoirs, presque deux états de fait. Henri de Turenne, venait de battre les armées royales à Montauban en mai dernier et ainsi levé le siège. Il avait été nommé gouverneur de Guyenne et du Haut Languedoc par les provinces unies du midi. Partout l'autorité du nouveau roi de France Henri III, sacré en février à Reims, était battue. Le parlement huguenot avait voulu faire reconnaître au roi un nouveau système politique qui leur permettrait de coopérer avec le roi et Paris, tout en faisant partie d'une alliance internationale des états calvinistes (46). C'était toute l'Europe qui était en cours de modification.

Tout cela préparait à n'en pas douter une sécession des états du sud, et préparait le terrain à une république. Aymar se tenait un peu éloigné des mouvements politiques de l'époque, mais cela ne l'empêchait pas d'être sensible à la cause de cette république parlementaire qui voyait le jour. Il avait très peu pensé à Blanat, qui s'était déroulée il y a presque deux ans. Son enquête personnelle s'était arrêtée faute de temps, de moyens et de

---

[46] Tentative de constituer une forme d'union entre les différents états calvinistes d'Europe.

possibilités de la poursuivre. Mais il gardait en mémoire les événements et se disait qu'un jour, il pourrait le faire.

Il croisa Jean de Linars qui discutait avec son greffier.

– Vous voilà, Aymar, je venais de dire à votre greffier de vous prévenir.

– De quoi, messire ?

– De la réapparition de Jean Simon, dit Esclauze, le palefrenier qui s'était enfui lors du procès, il est de nouveau à Saint-Michel de Bannières. Un de mes sergents l'a aperçu lors de son passage dans le bourg.

– Il serait intéressant de l'interroger et de savoir pourquoi, il s'est enfui à l'époque.

– Cela ne changera rien des jugements rendus lors du procès, vous le savez !

– Oui, bien sûr, mais pourquoi est-il revenu ?

– Finalement, le temps est passé, s'il avait peur à l'époque, les protagonistes sont maintenant occupés à bien autre chose, répondit Linars. J'ai appris aussi que le château a été laissé par Jean de Rilhac sous l'administration du sieur Barrot, un fermier de Saint-Michel. De plus, cette bourgade est devenue une frontière entre les deux camps. Les enlèvements et demandes de rançon sont fréquents, mais aucune troupe royale ou huguenote n'y est présente en permanence.

– Raison de plus, je vais m'y rendre et l'interroger. Mais seule, une troupe amènerait l'attention et risquerait d'être attaquée. Je connais le chemin, j'irai de nuit et surprendrai Esclauze au petit matin. Reste à savoir où il se trouve.

– Allez donc voir dans les granges qui entourent le château, c'est là que mon sergent l'a aperçu. Il a un peu changé, mais comme celui-ci vous avait accompagné à l'époque, il l'a reconnu.

Dans la nuit, Aymar prit la route. Son cheval était docile et pas particulièrement farouche pour cheminer la nuit. De plus, la lune éclairait correctement le chemin, et il fut facile d'arriver aux alentours de Saint-Michel juste avant l'aube. Aymar se posta à proximité de la demeure, descendit de cheval et attendit. Peu de temps, après, il vit sortir quelqu'un de la grange et reconnut la silhouette massive du palefrenier.

Se postant devant lui et profitant de l'effet de surprise, son épée à la main, il la pointa sur le torse du bonhomme, et lui dit.

– Je pense que tu me reconnais.

– Oui, mais pourquoi vous me menacez ?

– Pour que tu saches bien répondre à mes questions, et sans me mentir, si je m'aperçois que tu ne dis pas la vérité, je te laisserai juste le temps de confier ton âme à Dieu.

Lors de ses nombreux interrogatoires, Aymar s'était aperçu qu'on pouvait parfois percevoir si quelqu'un vous disait la vérité. Il suffisait de poser une ou deux questions dont on connaissait la réponse, la personne interrogée tournait souvent la tête ou les yeux d'un côté, et toujours le même. Si elle tournait le regard vers le côté opposé lors d'une autre question, il y avait beaucoup de chance pour qu'elle mente (47).

— Comment t'appelles-tu ?

— Jean Simon, dit Esclauze.

— Tu me reconnais ?

— Oui, vous êtes le lieutenant de police de Martel.

— Quand m'as-tu rencontré ?

— Quand je suis venu vous avertir de l'assassinat de mon maître et de son épouse.

Un peu surpris de ces questions, il y répondait cependant et le regard se tournait toujours vers la gauche en haut.

— Pourquoi es-tu revenu ici?

—Le sieur Barrot avait besoin d'aide pour s'occuper du château, et le tenir en l'état. Il m'a fait savoir qu'il pouvait m'embaucher.

— Pourquoi, t'es-tu enfui au moment du procès ?

— Je ne me suis pas enfui, mais le seigneur étant mort, je suis parti louer mes services à un autre.

Si à la première question, le regard s'était de nouveau porté vers la gauche, à la seconde il s'était détourné vers la droite, en évitant son regard.

---

[47] Très souvent pratiqué par les enquêteurs, suivant la séparation des hémisphères du cerveau, l'un faisant appel à la mémoire et l'autre à l'imagination.

– Tu mens, je le sais.

L'épée s'enfonça doucement dans la poitrine.

– Non, attendez, je vais vous dire la vérité.

Chapitre 32 : Toulouse, décembre 2006.

Véronique avait invité Antoine et le professeur de la Sorbonne, à la retrouver dans les locaux du pôle des recherches archéologiques préventives de l'université de Toulouse. Cela lui permettrait de leur faire visiter les lieux avant de continuer à se communiquer leurs recherches. Enfin les leurs, car dans son domaine, elle n'avait plus grand-chose à dire.

Deux heures plus tard, ils étaient assis dans la cafétéria de l'université.

– Merci pour votre visite guidée, lui indiqua Olivier, j'avoue que j'ai parfois un regret de ne pas avoir fait des études complémentaires pour faire votre métier. Je me suis contenté d'étudier les textes pour pouvoir enseigner ma discipline.

– Rien ne vous empêche de vous inscrire l'été prochain sur un lieu de fouilles médiévales. Je vous fournirai les sites prévus, et d'ailleurs certains de vos étudiants peuvent s'y inscrire.

– Excellente idée, cela leur permettra aussi d'être sur le terrain et d'approcher de plus près cette époque. Vous vous souvenez de ce roman, dont a été tiré un film, américain je crois, sur un lieu de fouilles en Dordogne.

– Oui, intervint Antoine, cela s'appelait « Prisonnier du temps ». Excellente intrigue. L'auteur est américain, effectivement, Michael Crichton (48).

– Espérons que nous ne reviendrons pas dans l'époque des guerres de Religion durant nos recherches. Mais, je voulais vous parler de la correspondance du roi Charles IX, qui vue sous un autre éclairage pourrait nous faire avancer, continua Olivier.

– C'est-à-dire ?

– On sait que Charles IX est bien à l'origine des massacres de la Saint Barthélemy, mais des historiens continuent à penser qu'il n'avait ordonné que celui des chefs protestants qui étaient présents à Paris pour le mariage d'Henri de Navarre avec la Reine Marguerite de Valois en 1572. Le massacre systématique des protestants de Paris va être mis sur le compte de la population catholique, aidée par les religieux et certains nobles ultras de la cour, dont les Guises, et va durer plusieurs jours. Mais cette hypothèse est remise en cause, quand on étudie les faits. Et notamment la correspondance du roi avec le gouverneur de Lyon que j'ai étudié de près. Pour faire court, une lettre est envoyée le 22 août à celui-ci, dans laquelle il lui ordonne de se saisir de l'homme qui a tiré sur l'amiral de Coligny, le chef des protestants. Cette même consigne est envoyée aux autres gouverneurs. Se basant sur cette forme de circulaire, les chefs protestants ne quittent pas Paris, pensant être de par la volonté du roi, en sécurité. Or, le 23 au soir, il réunit son conseil qui décide du massacre des chefs protestants. Mais dès le 18 août, il avait déjà écrit à Mandelot pour arrêter tous les courriers venant ou

---

[48] « Les prisonniers du temps » Michael Crichton, édition Robert Laffont.

partant vers l'Italie durant six jours. Les mêmes consignes seront données pour tous les autres pays. On ferme les frontières par ordre du roi, donc on prépare un complot puisque les consignes sont formelles jusqu'au 25 août, le lendemain du début du massacre. Le 24 août et avec beaucoup de cynisme, il envoie un courrier à Mandelot, pour lui indiquer que les Guises sont à l'origine du massacre, qu'il n'a pu les en empêcher devant se protéger lui-même au Louvres, et que dès le matin du 24, il en a demandé l'arrêt immédiat.

– D'ailleurs, en étudiant les livres d'histoire de Jacques-Auguste Thou (49), un historien du XVI, contemporain de la Saint Barthélemy, et dont le père est le premier président du parlement de Paris durant les événements, celui-ci confirme que Charles a bien décidé de se « débarrasser » des chefs protestants bien avant le 23 et ensuite de faire porter la responsabilité sur les Guises, compléta Antoine.

- Exact, et le 26 août, il tient un tribunal de justice, où il déclare qu'il a agi pour prévenir une conspiration faite par Coligny et ses complices qui « préparaient une exécution du roi et un combat contre l'état ». On peut aussi penser que le massacre dans les provinces, qui intervient quelques jours ou semaines plus tard après celui de Paris, fut donné par Charles IX, toujours sous forme de circulaire mais verbale et transmise par un dénommé Du

---

[49] Né en 1553, mort en 1617, contemporain des guerres de religion, auteur de « Histoire de son temps » qui porte sur la période considérée et jusqu'en 1607.

Peyrat (50). C'est la réponse de Mandelot au roi qui nous permet de le penser. Il dit dans sa réponse, je cite de mémoire « *Sire, les corps et les biens de la religion protestante ont été saisis, mis sous votre tutelle, et sans aucun tumulte ni scandale dans la ville* ». Durant cette « rafle » des religionnaires, comme on les appelle à l'époque, trois cents sont tués sur place, et le reste massacré dans les prisons par les hommes du gouverneur (51). Près de deux mille personnes sont tuées. Comble de la malignité, le gouverneur se transporte sur les lieux du massacre, fait dresser un procès-verbal et fait crier dans la ville que les habitants qui connaîtraient les massacreurs devaient le lui déclarer. Comme ses hommes en étaient les auteurs, inutile de vous dire que personne ne vint le lui dire. Et c'est ainsi que le même scénario se produisit dans une trentaine de villes de province.

– Mais pourquoi ces massacres ordonnés par le roi ?

– L'argent, Véronique, l'argent ! Non content de se débarrasser des religionnaires qui contestent son pouvoir, Charles IX fait main basse sur tous leurs biens, la lettre du gouverneur en témoigne. Il dit, je cite toujours de mémoire « *tous les biens, papiers, marchandises et autres sont dans des lieux sûrs et à la disposition de Votre Majesté, qui pourra en disposer quand il le souhaite* ». Il ajoute très intelligemment « *qu'il dépendra de la bonne volonté de Sa Majesté qu'il puisse sur ces biens saisis,*

---

⁵⁰ Il fut cité dans plusieurs chroniques historiques comme étant l'envoyé du roi auprès des gouverneurs de province.

⁵¹ Le gouverneur de Lyon envoie ses troupes dans les prisons pour le massacre

récompenser les fidèles qui l'ont servi en distribuant ceux qui ne peuvent être transportés, donc les maisons et immeubles des religionnaires tués, mais qu'il ne parle pas pour lui » (52). Quel cynisme !

– Incroyable !

– Oui, un complot à grande échelle sur le royaume de France. Enfin, pour terminer sur les faits, le 28 août, il fait parvenir un autre courrier à Lyon pour révoquer les commandements verbaux qu'il lui a fait parvenir, autre preuve. N'ayant reçu la lettre que le trois septembre, le gouverneur fait cesser les massacres, et répond au roi en lui indiquant qu'il a obéi aux consignes verbales du roi, qui ne seront plus mises à exécution. Des aveux qui ont été consignés par la correspondance et gardés à la Bibliothèque nationale de France. Cette correspondance sécrète a été éditée la première fois en 1830. Les faits, étayés par celle-ci, ont souvent été dénigrés par certains historiens, notamment du XIX siècle et toujours pour des raisons religieuses de bonne foi catholique. On a beaucoup parlé du complot du roi Philippe le Bel, en 1307, pour s'emparer des richesses des templiers, mais peu du complot de Charles IX pour s'emparer des richesses des protestants qui étaient importantes, ils faisaient partis des classes les plus aisées. Voilà, fin de l'histoire.

---

[52] La lettre est libellée de telle façon que l'on peut comprendre qu'il espère une belle récompense.

Quelques mois plus tard, les caisses du royaume sont de nouveau remplies.

– Pour en revenir à notre intrigue, compléta Antoine, on peut penser que l'assassin est un fidèle de Charles IX. Il assassine Guyot sur ordre du roi, et dans le prolongement des consignes reçues un peu partout dans les provinces.

– Certainement, intervint Olivier, une autre correspondance de Charles IX, quelques mois plus tard, nous apprend qu'il se plaint même que certains officiers sont un peu trop zélés à exécuter les consignes de se saisir des personnes et des biens de la religion réformée, pour s'enrichir eux-mêmes.

– Guyot, nous le savons, était fort riche. Son domaine et ses possessions ont été attribués à Jean de Rilhac par le procès de 1574, mais ses pièces d'or ont certainement disparues lors des événements.

Chapitre 33 : Martel, juillet 1575.

Revenant de Saint-Michel, Aymar se rendit chez le lieutenant général, Jean de Linars. Il le trouva assis sur un banc près de la haute fenêtre de la chambre des requêtes, l'air absent.

– Ah, vous voilà, Aymar. Vous avez certainement interrogé le palefrenier.

– Oui, messire, et j'avoue que ce que je devine ne m'agrée point.

– Que vous a-t-il dit ?

– La nuit du drame, en sortant de la grange, il a vu une troupe de cavaliers. Il n'y a pas trop porté attention sur le moment. Le lendemain, il s'est rendu, comme tous les matins au château pour travailler et recevoir les consignes du seigneur. En entrant, il a vu les corps. On a donc fait disparaître l'or de Guyot, et pour cela, il a fallu plusieurs personnes pour le transporter. On avait prémédité l'ensemble et préparé le vol qui devait s'accompagner de l'assassinat de Guyot, son épouse est morte parce qu'on voulait supprimer un témoin.

– Peut-on prêter foi à cela, répondit Linars, d'un ton monocorde.

– Je pense que oui, tout concorde.

– Mais cela ne changera rien.

– Pourquoi ?

–La raison du roi, Aymar. Après le massacre de Paris, en août 72, j'ai reçu verbalement quelques jours plus tard, des consignes pour m'emparer de tous les réformés de la région et de leurs fortunes. Je n'ai pas voulu obéir à ces ordres. Deux semaines plus tard, j'ai reçu une missive signée du roi, et demandant de surseoir aux ordres précédents. Mais certains nobles catholiques n'ont pas eu la même conscience. Ils ont même poursuivi cette action, après les nouvelles consignes du roi. Oh, bien sûr sous couvert de leur foi catholique, ils m'ont abreuvé de sermons sur la nécessité de ces actions pour la foi de dieu. Mais je ne suis pas dupe, les richesses des familles, qu'ils assassinaient, étaient tout aussi importantes que leur foi.

– Ces crimes se sont passés plusieurs mois après la Saint Barthélemy.

– Oui, mais, on savait que Guyot alimentait la cause des huguenots, et malgré sa foi catholique affichée, on le soupçonnait certainement de vouloir embrasser la nouvelle religion. C'était des motifs suffisants.

– Et on laisse accuser des hommes qui n'y sont pour rien. Comment le roi Charles IX, qui a dû être informé, a-t-il cautionné cela?

–Mon pauvre Aymar, le roi Charles IX a lui-même donné l'exemple, et de façon magistrale. Le complot qu'il a imaginé avec la reine mère durant le mois d'août 72, était le suivant : d'abord tuer tous les chefs protestants qui étaient dans la capitale pour le mariage d'Henri de Navarre, en s'appuyant sur les troupes du duc de Guise. Ensuite le massacre terminé, il devait faire de même pour massacrer ceux de Guise et leur chef par le régiment des gardes royaux qu'il avait fait masser au Louvre. À Coligny, il lui avait dit que c'était pour se protéger du duc de Guise, et au duc de Guise que c'était pour se protéger de l'amiral de Coligny.

– Impossible qu'il ait voulu cela !

–Vous voulez des preuves, le 24 août, il a envoyé des missives aux capitales étrangères pour leur dire que les Guises avaient fomenté cette tuerie et qu'il n'y était pour rien, et prendrait des mesures contre cette famille et leurs gens (53). Et puis, pour des raisons un peu obscures, le plan ne s'est pas déroulé comme il le souhaitait ou il a eu peur d'aller jusqu'au bout de son projet. Trois jours plus tard, il envoyait une nouvelle missive dans les mêmes capitales, pour leur dire qu'un complot avait été prévu contre lui, par l'amiral de Coligny. Il s'est donc attribué l'ordre du massacre des chefs protestants, et a reçu les louanges du roi d'Espagne et la bénédiction du pape (54). Ensuite, il a bien sûr expliqué que le massacre de familles entières, hommes, femmes, enfants était le fait de la populace et non le sien. Mais comment expliquer que les armées royales entrées dans Paris ne sont pas intervenues pour arrêter cette effusion de sang, et comment expliquer que les ordres sont partis ensuite pour manigancer la même tuerie dans les autres villes. Expliquez-moi

---

[53] Première version donné par le roi Charles IX aux capitales étrangères.
[54] Le pape fit d'ailleurs donné des messes et fit battre une pièce d'or commémorative.

ce que viennent faire pour la sauvegarde du royaume, les meurtres des femmes et des enfants. Ensuite dans les semaines qui ont suivi, on a fouillé dans les papiers de Coligny, et on a fait interpréter certains de ses textes pour démontrer qu'il avait bien imaginé un complot. Enfin, le roi Charles IX prend peur et décide d'envoyer de nouvelles missives au gouverneur pour « rassurer » les réformés et leur dire qu'il n'a rien contre leur religion. Sa peur n'était pas due au fait que les massacres puissent continuer mais bien parce qu'il pensait que les huguenots allaient se soulever en masse dans les régions où ils étaient en nombre. Finalement, c'est bien ce qui est en train de se passer.

– Et donc les complots des malcontents et la constitution des états libres du sud ne sont que le résultat de cette folie.

– Oui, bien sûr. Mais cette folie va continuer et je ne sais pas quand elle va s'arrêter.

Chapitre 34 : Toulouse, décembre 2006.

Les trois personnes présentes dans cette cafétéria gardaient un silence pesant, chacun s'imaginant les troubles et les massacres de cette époque, 30.000 tués d'après certains historiens, uniquement de par la folie toute puissante d'une famille royale, de la haine au nom de la religion et de ses serviteurs, de la folie meurtrière des gueux de l'époque, et de l'appât du gain.

– Comment se fait-il que l'historien que vous avez cité, comment s'appelle-t-il ? Intervint Véronique.

– Jacques-Auguste Thou, vous allez me demander comment se fait-il que l'histoire n'a pas retenu ses écrits ?

– Oui.

– Oh, c'est simple, au moment des faits, il a vingt ans, son père est le premier président du parlement de Paris, et est directement un témoin majeur des faits. Son fils est un catholique modéré, combat la ligue, et œuvre d'ailleurs plus tard à la réconciliation entre Henri III et Henri de Navarre, et devient l'un des artisans de l'édit de Nantes, étant au service d'Henri IV. Il commence son œuvre historique vers 1600, elle comporte une quinzaine de tomes et va de la période 1543 à 1607. À la mort d'Henri IV, il est en disgrâce, condamné par l'Église catholique et ses livres interdits et mis à l'index. On redécouvrit ses œuvres après la révolution de par l'acharnement de certains bibliophiles.

Mais les déformations des historiens avaient fait leurs œuvres, et comme dirait quelqu'un « « Il est des têtes, où toute opinion, qui entre la première, jette de telles racines, que tout ce qui vient ensuite la contredire, n'est regardé d'abord que comme une erreur ». Il est vrai aussi que les pillages et les meurtres commis par les capitaines huguenots ont enflammé l'imaginaire.

– Revenons à notre histoire, qui est le meurtrier ? Ajouta Antoine.

– Et bien, si cette théorie est juste, l'un des capitaines catholiques de la région. J'avais une question, d'où vient ce mot huguenot, demanda Véronique.

Antoine intervint, c'était l'un de ses sujets favoris.

– On retrouve le mot, la première fois, dans un poème de Ronsard datant de 1562. Il semble provenir du mot allemand « eidgenossen » qui signifie « confédérés » cela a d'abord désigné les suisses, puis les protestants.

– Bon, je vais reprendre ma recherche dans l'encyclopédie de Thou sur cette période, si on ne retrouve pas des indications, ajouta Olivier. Comme le fait que des consignes royales aient bien été données pour juger rapidement les meurtres et reporter les soupçons sur les protestants, il en parle peut être. A-t-on retrouvé des éléments dans les archives découvertes à Saint-Michel.

– Elles sont toujours en cours d'étude, mais je vais demander à orienter les recherches sur le sujet. La réponse se trouve certainement dans les livres de compte. Il faudrait essayer d'estimer l'argent de Guyot au moment des faits et faire un recoupement avec l'inventaire et le jugement pour estimer les biens que Jean de Rilhac a récupéré, et savoir ce qui manquait en numéraire.

Il sélectionna le numéro de téléphone de Sébastien sur son portable.

–Sébastien, salut, comment vas–tu ? Oui, bien. Dis-moi, je suis avec Véronique que tu connais et j'avais une question à te poser sur les documents retrouvés dans la maison de Saint-Michel.

L'entretien, durant lequel Antoine prenait rapidement des notes, se prolongea. Une fois la conversation terminée et le téléphone rangé dans sa poche, il s'adressa à ses amis.

– Bingo, je résume ce que vient de me dire Sébastien sur les livres de comptes. D'après lui, Guyot se retrouvait à la tête d'une véritable fortune lors de sa mort. Des biens mobiliers bien sûr, mais aussi des sommes d'argent considérables qu'il entreposait dans ses coffres, l'équivalent de 100.000 livres tournois.

– Et ça représente beaucoup ? Interrogea Véronique.

– Énormément, répondit Antoine. Le système est complexe à l'époque. On distingue la monnaie de la comptabilité qui est faite en livre. Et pour compliquer le tout, il existait la livre tournois au sud de la France et la livre parisis au nord de la France, celles-ci n'ayant pas la même valeur. Mais pour payer toutes transactions marchandes, on parle d'écus, ce sont des pièces et un écu vaut à cette époque trois livres tournois. Donc, 100.000 livres, cela fait environ 30.000 écus, et comme un écu c'est 3,2 grammes d'or, c'est plusieurs dizaines de kilos d'or qui ont disparu.

– C'est énorme !

– Il faut la comparer à celles de la maison royale, prenons le cas de Marguerite de Valois, à la même époque elle disposait d'un revenu équivalent chaque année (55).

– Je me souviens de l'inventaire de Blanat fait par le lieutenant de police de l'époque, on ne parle pas de cette valeur en écus, précisa olivier.

– Exact, dit Antoine, ce qui signifie que le vol est bien le motif de l'assassinat au moins de Guyot, et de son épouse.

---

⁵⁵ Celle de Catherine de Médicis est estimée à 200.000 livres chaque année.

Chapitre 35 : Martel, fin mai 1576.

Enfin la trêve, presque la paix, c'était le sujet des réflexions d'Aymar, une paix fragile signée à Etigny, et assez rapidement l'édit de Beaulieu, signé par le roi Henri III, qui accorde aux réformés, le droit de culte et des places de sûretés (56). On avait même commencé à indemniser les victimes de la Saint-Barthélemy. Il faut dire que le roi n'avait pas eu le choix, partout les événements étaient favorables à la coalition des malcontents et des huguenots. Des régiments avaient encerclé et menacé Paris. Le pouvoir royal vacillait et avant de s'effondrer, Henri III avait préféré négocier et reconnaître de fait la nouvelle religion et les parlements régionaux. On prévoyait aussi la réunion des états régionaux à Blois. Mais tout cela était un édifice fragile, les extrémistes des deux bords recherchaient par tous les moyens l'affrontement.

Aymar savait aussi qu'une nouvelle coalition des catholiques, dénommée la Ligue, se créait partout dans le royaume. Elle rassemblait les catholiques les plus ultras, qui avaient considéré que l'édit de Beaulieu donnait trop de droit aux huguenots. La famille des Guises avait pris la tête du mouvement et avait besoin de sommes considérables pour armer des

---

[56] Entre autre, Montauban et la Rochelle.

régiments dans le nord du royaume. Même dans le Quercy, des régiments catholiques étaient levés.

Aymar se demandait si une partie de l'argent pour les armer, ne provenait pas de Blanat. Il savait que l'inventaire à l'époque des faits n'en n'avait pas trouvées. La fortune de Guyot avait été pillée, les pièces d'or dérobées. Pour en être sûr, il avait convoqué le notaire de Saint Michel et il l'attendait dans la salle qu'il occupait à la Raymondie. Son greffier frappa à la lourde porte de la pièce et vint lui annoncer son arrivée.

– Fais le entrer Pierre, mais tu resteras pour prendre note de ce qu'il dira.
– Bien messire.

Bernard Darques entra dans la pièce. Son embarras était visible, il ne connaissait pas la raison pour laquelle le lieutenant l'avait convoqué.

– Prenez place, sieur Darques. Vous allez me dire et me décrire l'inventaire que vous avez fait de la fortune de Guyot au moment de son décès et nous allons le comparer avec l'inventaire que nous avons établi au moment de notre enquête.
– Oui, messire, mais je n'ai pas avec moi, les documents qui me permettraient d'être précis.
–Peu importe, je ne suis pas intéressé par les possessions des maisons, champs, fermages et meubles de Guyot, ni par les

prêts qu'il avait octroyés à d'autres, mais bien de la somme d'argent qu'il devait posséder à Blanat.

– Impossible pour moi de vous le préciser, il gardait secret le montant de sa richesse monnaie.

– Allons, vous possédez les livres de compte, de plus de par votre profession, vous avez une idée précise de ses biens. Répondez !

– On peut penser qu'il avait par-devers lui environ 70.000 écus d'or. Il notait précisément dans les livres les sommes, mais parfois il utilisait un code pour indiquer certaines sommes.

– Pour quelle raison.

– Il se méfiait des attaques qu'il pouvait subir dans sa demeure, même s'il payait certaines personnes pour ne pas l'attaquer ou subir des violences. Donc il minimisait les sommes en écus et cela correspondait aux sommes qu'il cachait au château.

– Et le reste ?

– Il m'avait dit un jour, qu'il l'avait mis en lieu sûr, dans un endroit sûr.

– Pourquoi n'entreposait-il pas tout son argent dans cet endroit.

– Il remettait parfois des sommes importantes à des gens, il avait donc besoin d'en avoir dans sa demeure.

– Combien d'argent était entreposé ?

– Peut-être une petite moitié de cette somme.

– Soit environ 30.000 écus, mais nous n'avons rien retrouvé.

– Je ne sais pas quoi vous dire ?

– Tu as eu les clés en main, tu as ouvert les coffres.

– Oui, bien sûr, mais il n'y avait pas d'argent, juste les livres et les documents. Je devais prendre ceux-ci. Et quand, je suis arrivé, il était mort.

– Alors comment as-tu eu les clés ?

– J'ai fouillé la pièce, et j'ai trouvé le trousseau.

– Ils étaient ouverts ?

– Non fermés, j'ai pris les documents qui s'y trouvaient. Puis dans la panique, je l'ai gardé.

– Comment les voleurs pouvaient-ils savoir où se trouvait l'argent ?

– Ils devaient être renseignés, dit tout haut le greffier.

– Oui, Pierre, et c'est bien pour cela que je pense que le receveur était complice, précisa Aymar.

– Le receveur ?

– Oui, je pense que c'est lui qui avait renseigné les meurtriers.

Chapitre 36 : Toulouse, mars 2007.

Antoine parlait au téléphone avec Véronique qui, depuis le début de la conversation se replongeait dans cette enquête, qu'elle oubliait de plus en plus, le temps passant.

— Donc, tu es sûr que l'estimation qu'a faite maintenant Sébastien sur la fortune de Guyot est plus importante.

— Exact, il m'a dit avoir terminé de déchiffrer les livres de comptes, qui étaient « truqués », enfin incomplets pour un profane, mais il a réussi à comprendre que Guyot dissimulait dans ses livres certains revenus. Il avait une double comptabilité qui lui permettait de l'estimer en numéraire mais ne laisser apparaître que la moitié dans ses livres. Olivier a dû faire appel à un expert-comptable, connaisseur des livres de recettes de l'époque.

— On pourrait conclure que ce genre de pratique s'est perpétué de nos jours, finalement nos voyous en costume n'ont rien inventé.

— Non, mais avoue que les techniques ont évolué, il n'existait pas à l'époque de « paradis fiscaux » et de comptes secrets pour dissimuler l'argent.

— Comment procédait-il ? Continua Véronique.

— Certainement de la façon la plus simple et la plus vieille de l'histoire, il cachait son trésor quelque part. Mais où ? Bon, en tout cas, l'argent qui devait se trouver au château ne représentait qu'une partie de sa richesse en monnaie. Ce qui quand même, faisait une coquette somme.

– Oui, et comme on ne retrouve pas cette somme dans l'inventaire de l'époque, on peut toujours conclure qu'il a disparu au moment des meurtres. Mais ces 30.000 écus pouvaient être entreposés dans ces coffres ?

– Oui, ceux que l'on retrouve chez les antiquaires, sont souvent de dimensions identiques, en général une hauteur de 60 cm sur une longueur de 50 et une largeur de 40. Dans un seul coffre, on peut entreposer pas mal de sacs de pièces. Mais ce qui ne colle pas, c'est que Guyot imagine un vol pour maquiller les meurtres de son receveur et de son épouse. Il ne va pas entreposer cette somme dans ses coffres. C'est le premier endroit que l'on va fouiller. Il l'a caché ailleurs.

– Exact. En tout cas, les voleurs et meurtriers étaient bien renseignés sur sa fortune, même si Guyot la dissimulait. Et ils ont trouvé l'endroit.

– Oui, ils devaient être bien informés, et peu de personne le savait.

– Son notaire, dit tout haut Véronique.

– Peut-être, mais on en aurait retrouvé trace dans ses aveux. Il est indiqué qu'il n'a pas quitté sa demeure dans la nuit. Seul, et pour transporter cette somme, il lui aurait fallu du temps.

– Oui, tu as raison, cela ne tient pas.

– J'ai une autre hypothèse, précisa Antoine. Imagine que le receveur soit complice, il est bien placé pour avoir une idée précise du montant de la fortune. Peut-être de l'endroit où Guyot pouvait la cacher en dehors des coffres. En plus, il est présent ce soir-là, il a donc pu renseigner les voleurs sur la somme qu'il devait remettre.

– Cela se tient, mais quelle ironie de l'histoire. Guyot complote pour faire assassiner son receveur, et celui-ci complote pour voler celle de Guyot et peut être son assassinat.

– Effectivement, mais il ne devait pas être le cerveau.. Il faut être un capitaine d'arme, sachant mener des actions brutales pour tout imaginer.

–Attend, on va résumer. Le seigneur de Blanat imagine l'assassinat de son épouse, puis celui de son receveur, pour cela il fait appel à son notaire mais surtout à Pantaléon de Ligneyrac pour trouver des spadassins. Ceux-ci sont interrompus par l'arrivée d'une bande armée qui tue Guyot et son épouse, et leur complice, le receveur.

– C'est plausible.

– Reste à trouver le chef de cette bande, qui a ordonné le vol et l'assassinat.

Livre II : Les manuscrits de la Reine

Chapitre 1 : Agen, le 20 septembre 1585

Marguerite de Valois avait accepté de recevoir le lieutenant de police de Martel, plus par curiosité que par intérêt. Elle n'avait pas très bien compris ce qu'il voulait. L'une de ses demoiselles d'honneur s'était embrouillée dans les explications que lui avait fournies l'agent du roi.

— Majesté, merci de me recevoir, je sais que votre temps est précieux.

— Je n'ai pas très bien compris votre demande et la raison de votre présence.

— Je suis venu vous demander de rencontrer votre capitaine des gardes, François Robert de Ligneyrac.

— À quel sujet ?

— C'est pour une affaire, qui s'est passée, il y a longtemps, il y a plus de dix ans, dans le château de Blanat, son seigneur, son épouse et le receveur présents dans cette demeure ont été assassinés. Nous savons pourquoi et par qui le receveur est mort. Mais je recherche toujours les assassins des époux de la seigneurie.

— Dix ans plus tard, vous avez de la constance, messire.

— Oui, cela me poursuit depuis longtemps, et je voudrais trouver les réponses.

— Pourquoi interroger messire Ligneyrac ?

– Il était présent lors du procès et avait été témoin lors de l'enquête.

– Pourquoi vouloir de nouveau l'interroger ?

– Son frère Pantaléon est mort. Avant, j'ai pu recueillir son témoignage et celui-ci a relancé mon enquête. À l'époque Pantaléon de Ligneyrac m'avait assuré qu'il était présent au château la nuit des meurtres et avait quitté le seigneur Guyot vivant après l'avoir menacé de révéler son complot.

– Lequel ?

– Il avait projeté de tuer son receveur et son épouse pour des motifs différents et simuler une attaque où il serait blessé pour se disculper. Le frère de Ligneyrac m'avait dit qu'il l'avait empêché de tuer son épouse, puis avait quitté la demeure en laissant celui-ci et son épouse encore vivants. Plus tard dans la nuit, ils ont été assassinés par d'autres personnes et je n'ai jamais su leurs identités.

– Et quelle est cette révélation ?

– Pantaléon m'a juré devant Dieu, avant sa mort, qu'il n'avait pas voulu participer aux meurtres, mais qu'il connaissait les noms des assassins. Malheureusement il n'a pas pu ou pas voulu le dire. C'est pourquoi je voudrais de nouveau poser des questions à son frère.

– Je vous autorise à voir mon capitaine des gardes, mais il est absent actuellement de la ville. Revenez donc dans une semaine, il sera présent et vous pourrez lui poser vos questions.

Une fois le lieutenant sorti, Marguerite de Valois reprit son écritoire et se mit à consigner les événements des dernières journées. Cela faisait des années qu'elle avait pris cette habitude d'écrire, en fait, depuis son adolescence. Elle savait qu'un jour, elle reprendrait ses notes et écrirait ses mémoires. Non pour alimenter l'histoire des Valois et par là même celle de France, mais bien pour d'autres desseins. Démontrer à ces grands seigneurs et hommes de pouvoir, qu'une femme pouvait écrire et donner un témoignage différent, plus en finesse et en nuance. Mais aussi pour permettre de rétablir certaines vérités et combattre tous les mensonges que l'on entendait déjà à la cour et qui prendraient, elle n'en doutait pas, de l'ampleur après sa mort. Celle-ci pouvait intervenir à chaque instant. Il fallait qu'elle témoigne de ce qu'elle avait vu et compris de cette période troublée, du rôle qu'avaient joué sa mère et ses frères et les grands personnages de France qui les entouraient.

Chapitre 2 : New-York, Juin 2007.

Philippe Berthier patientait dans cette salle des enchères de Christie's à New-York. Les ventes étaient en cours depuis une heure. Certes, il aurait pu intervenir au téléphone ou par internet. Mais pas cette fois-ci, il fallait être présent physiquement lors d'une vente pour ressentir le déroulement de celle-ci. Voir le commissaire-priseur, deviner ses hésitations, souvent imperceptibles, comprendre que celui-ci pensait que le prix de l'objet à vendre était suffisant, percevoir sa lassitude quand la vente durait depuis longtemps. C'est pour ces raisons qu'il avait fait le déplacement, il le devait, car l'objet qu'il convoitait était inestimable. En tout cas, pour lui, pour d'autres il ne représentait que des manuscrits sans importance, sans grande valeur.

–Trois mille, trois mille deux cents, pour le monsieur au fond… Trois mille cinq cents pour vous, Madame…

– Trois mille huit cents au téléphone.

– Quatre mille sur Internet.

Les enchères montaient avec une rapidité extraordinaire. Les yeux du commissaire-priseur scrutaient la salle et ne manquaient aucune offre. Mais Philippe ne suivait pas cette enchère, toutes ses pensées allaient à l'offre suivante. Finalement le marteau tomba. Adjugé ! Dans quelques instants, serait mise en vente une partie des mémoires de la Reine Marguerite de Valois et de sa correspondance inconnue à ce jour.

Les historiens s'étaient toujours posés la question de savoir pourquoi, ses mémoires s'étaient arrêtées en 1582. Oh, bien sûr, de nombreuses lettres, faisant partie d'une abondante correspondance permettaient de retracer sa vie et ses actions jusqu'à son décès en 1615. Mais après avoir écrit, lors de son exil à Usson (57), et sur une période de vingt ans, le récit s'arrêtait, inachevé, attendant que son auteur se remette à écrire. Ses mémoires étaient non seulement une source de documentation historique, mais c'était aussi un brillant écrivain que l'on avait découvert, lors de la publication de ses textes dès le XVII siècle. Femme de style, de goût, de drames et de culture, elle avait su porter un regard détaillé sur les événements et les personnages qu'elle avait croisés tout au long de sa vie.

Plus de quatre siècles après, on découvrait la suite. Finalement, cette découverte dans des archives privées, de ses mémoires, aux États-Unis n'étonnait qu'à moitié Philippe. De nombreux manuscrits avaient été retrouvés dans ce pays, car les riches collectionneurs se passionnaient depuis longtemps pour l'histoire, et notamment celle de France. Ne disait-on pas que près de 15 % des Américains avaient au moins un ancêtre français. En plus des châteaux détruits, de nombreuses richesses, œuvres d'art,

---

[57] Elle restera à Usson de 1586 jusqu'en 1605 avant de rejoindre Paris.

vaisselles, et documents avaient disparu lors de la Révolution française, et au gré des ventes et des successions s'étaient retrouvés dans les collections privées de ces amateurs d'art. N'avait-on pas vu ressurgir, il y a peu lors d'une vente, le testament politique de Louis XVI, écrit en juin 1791. Et que dire des 500 lettres de Napoléon retrouvées dans différentes archives privées américaines depuis quelques années.

Le prix de départ avait été fixé à 50.000 dollars. Philippe savait que ce prix serait certainement multiplié par quatre, il avait maintenant assez d'expérience pour estimer l'adjudication. Restait à savoir si La Bibliothèque nationale de France n'allait pas renchérir. Mais ce qu'il redoutait le plus c'était un collectionneur privé, comme lui, passionné par l'histoire de Marguerite de Valois. La dernière fois, il avait été face à un anglais, propriétaire d'un château dans le Lot, où avait séjourné Margot, et qui, passionné, achetait tout ce qui se rapportait à cette femme. Il pouvait très bien enchérir par téléphone ou sur internet. Philippe s'était fixé une limite haute. Il le pouvait, il disposait de fonds importants. La société qu'il avait créée, il y a vingt ans établissait des profits non négligeables. Son idée avait été de se rendre propriétaire de textes et de manuscrit anciens, des écrits de De Gaulle à ceux d'Henri IV, et de les diviser par lots en recherchant de riches particuliers, qui devenaient copropriétaires de ces collections. C'était un investissement pour ces personnes, puisque le rendement était assuré par la cession de certaines pièces. Il assurait lui, le stockage et l'exposition des œuvres.

Le commissaire-priseur était en train de décrire le lot que voulait acquérir Philippe. Bonne description, celui-ci connaissait bien la valeur de ces mémoires. Juste après le départ des enchérissements, il attendit sachant bien qu'il ne fallait intervenir qu'après un montant qu'il s'était fixé au double du prix de départ. Cela pouvait parfois ressembler à un jeu de poker menteur, en tout cas les règles de dissimuler son jeu, ou plus exactement de faire croire que l'on avait une « main » financière importante, pour décourager les autres, étaient identiques. Il attendit patiemment.

– Cent dix mille, pour le monsieur devant…
– Cent vingt mille au téléphone.

C'était parti pour lui, rien sur internet, normal, pour ce genre d'objet, les gens s'étaient déplacés ou suivaient au téléphone. Internet, c'était pour les petites ou moyennes enchères.

– Cent soixante-dix mille pour le monsieur à droite…
– Cent quatre-vingt mille pour le monsieur devant…

Voilà, on entamait la dernière ligne droite, déjà plus du triple du prix de départ, il ne restait que quatre enchérisseurs, des vrais collectionneurs, un au téléphone et deux autres dans la salle.

– Deux cent mille pour le monsieur devant…

– Rien au téléphone

– Deux cent dix mille pour le monsieur à droite.

Ils n'étaient plus que deux, Philippe savait que l'autre voulait aller jusqu'au bout, mais de combien disposait-il ? C'était une question qu'il fallait se poser, soit il continuait à renchérir de la main, comme il le faisait et le commissaire annonçait lui-même le montant par tranche de dix mille dollars, soit il annonçait un prix suffisamment élevé pour clore le débat, ou d'un moment de doute de l'autre pour que la vente s'arrête. Il opta pour la seconde solution.

– Trois cent trente mille dollars, s'entendit-il prononcer très fort.

Le commissaire plissa des yeux, la devise ne se prononçait pas dans la vente. Mais Philippe l'avait fait exprès, juste pour que l'autre prenne conscience que ce n'était pas des cacahuètes mais bien des dollars qui étaient en jeux. Cela donnait souvent au concurrent un moment de déstabilisation, un peu comme au poker fermé, lorsqu'on disait « tapis », et que d'un geste théâtral, on poussait au milieu de la table tous les jetons. Bien sûr cela ne marchait pas toujours, mais pourquoi ne pas le tenter.

– Une fois… deux fois… trois fois, adjugé au monsieur devant.

Voilà, c'était fini, il avait emporté la vente. Il se sentait vidé comme après une longue course à pied. Il reprenait son souffle, inspirant profondément pour que les battements du cœur ralentissent et qu'il puisse accomplir les actes administratifs sans montrer sa nervosité et sa fatigue.

Il pouvait dans les prochains jours, commencer à étudier patiemment les mémoires et trouver d'autres indices dans ceux-ci pour continuer sa recherche sur les meurtres et le trésor de Blanat.

La ville d'Agen commençait à s'agiter depuis l'arrivée de Marguerite de Valois. L'épouse d'Henri de Navarre menait grand train. Et ses projets de modifier les fortifications de la ville au détriment des Agenais avaient fait naître un ressentiment profond de la part de ses habitants. Elle avait exproprié de nombreux bourgeois de leurs demeures, fait abattre leurs maisons, de plus le coût des nouvelles fortifications leur était imputé par de nombreux impôts. La colère grondait et elle s'était réfugiée au couvent des capucins. Le commandant de la garnison, François Robert de Ligneyrac avait deux mille hommes à sa disposition dans la région. Plusieurs centaines se trouvaient à l'intérieur de la ville et veillaient à la sécurité de la reine et de sa cour. À l'extérieur, la ville était cernée par les troupes d'Henri de Navarre qui voulait récupérer cette ville catholique et par celles du roi commandées par le maréchal de Biron qui projetaient de s'emparer de Marguerite de Valois en guerre ouverte avec son frère, le roi. Après la fuite d'Henri de Navarre du Louvre, quelques années auparavant, sa prise de commandement de l'armée huguenote, à laquelle s'étaient ralliés des catholiques modérés, lui assurait certains succès dans le sud de la France. Mais il n'avait pas apprécié que son épouse rallie la cause de la ligue, avec à sa tête, le Duc de Guise. Quant au roi Henri III, il poursuivait sa sœur de sa vengeance, l'ayant même chassée de la cour l'année précédente en lui reprochant de le trahir. Il n'avait pas apprécié qu'elle ne se plie pas à sa volonté et à ses ordres.

— Il va falloir fuir Madame, la ville n'est plus sûre. Le conseil conspire et une partie des faubourgs est aux mains de la troupe royale, intervint Ligneyrac.

— Vous avez raison, nous allons nous réfugier dans ma ville de Carlat. Il faut préparer notre voyage.

Elle regardait le bailli d'Auvergne. Elle essayait de cacher son aversion pour cet homme qu'elle trouvait ambitieux, avare mais surtout violent. Il était chargé de la protéger et commandait sa garde, sur ordre du duc de Guise. Mais elle n'était pas dupe, il n'était pas son protecteur mais bien plus son gardien. Pourquoi avait-elle donc rejoint le parti des Guises. Pour leurs idées, non, elle ne les partageait pas. Mais que pouvait-elle faire ?

Poursuivie par son frère le roi, rejetée par son mari, elle avait par dépit, embrassée cette cause et il était maintenant trop tard. Elle s'était bien retournée vers sa mère pour solliciter son aide. Mais celle-ci la méprisait, et la faisait surveiller. Pourquoi ce mépris, pourquoi tant de haine autour d'elle. Peut-être parce qu'elle n'obéissait pas à ceux qui étaient plus puissants et qui voulaient la soumettre à leur volonté. Elle était une femme libre, cultivait les arts, prenait les amants qu'elle voulait. Mais que cette vie était difficile.

Soudain, une énorme explosion retentit, une partie des murs de la pièce où elle se trouvait, s'écroula. La poussière envahit la pièce (58). Elle se coucha au sol, oubliant toute dignité, sa vie était en jeu. Ligneyrac courut hors de la salle.

Tout en se demandant si elle n'était pas blessée, elle pensa que sa vie pouvait s'arrêter maintenant. Que valait-il mieux, une explosion, un tir d'arquebuse ou le poison ? Tous les plats qu'elle mangeait étaient goûtés par des serviteurs ou des proches. Elle était persuadée qu'on en voulait à sa vie et que le poison en serait l'arme. Des hommes pénétrèrent dans la pièce, un écuyer à bout de souffle, marmonna à l'intention de la reine:

–Ils ont fait sauter la réserve de poudre que nous avions entreposée. Beaucoup de moines sont morts. Les troupes du Maréchal de Matignon (59) ont pénétré dans la ville. Il faut fuir !

– Alors partons maintenant, nous nous réfugierons à Carlat. Ma suite suivra. Que Ligneyrac prenne le commandement avec les écuyers et gardes présents dans ce couvent.

Les bagages les plus précieux furent mis sur les selles, et rapidement une troupe d'une cinquantaine de cavaliers prit la route de Castelnau-Montratier. Le solide château de Brassac avait été choisi comme la première étape possible. Car la fuite avait

---

[58] On pense qu'un espion des troupes royales dirigées par le maréchal de Matignon s'était introduit dans la réserve de poudre et s'était fait sauter avec.

[59] Nommé par le roi Henri III, il commande les troupes royales dans le pays.

déjà été préparée par la reine. Elle savait que sa cause était perdue. Finalement, toutes ses tentatives pour mettre sur pied sa petite armée avec l'aide de Ligneyrac dans la région d'Agen, avec des gens principalement recrutées dans le Quercy n'étaient qu'une volonté de faire admettre à son mari et à son frère qu'il fallait compter sur elle. Mais prendre le commandement d'une troupe ce n'était pas la même chose que de prendre le commandement d'une cour. Et puis l'argent avait manqué. Elle avait attendu vainement de l'argent, promis par le roi d'Espagne, mais celui-ci n'était pas venu. Elle savait que Ligneyrac possédait une fortune non négligeable. Elle lui avait d'ailleurs demandé de l'argent à plusieurs reprises pour continuer à mener un train de vie conforme à sa position. Mais celui-ci avait été réticent, et elle avait dû « céder » à certaines de ses avances, alors qu'il ne lui plaisait pas. Le départ s'organisa, une partie de sa cour pouvait la suivre, elle et son escorte. Quant au reste de ses demoiselles d'honneur et de ses meubles, ils suivraient quelques jours plus tard. Elle savait que rien ne s'opposerait à cela, sa position de femme du roi de Navarre, sœur et fille du roi de France la préservait (60).

Le lendemain soir, Marguerite et son équipage arrivèrent à Saint-Projet. Elle vit se dresser ce château, possession du seigneur Jean de Jean, son vassal. Cette construction médiévale était

---

[60] Il est vrai que sa position la préservait. Et sa fuite d'Agen à Carlat se fit en ordre. Sa suite la rejoindra trois mois plus tard.

réputée sûre, et n'avait jamais été envahie, malgré de nombreux sièges durant la guerre de Cent Ans. On logea tant bien que mal sa suite, et elle fut emmenée dans ses appartements par le seigneur des lieux, dans la tour haute. Après la traversée de la grande salle du second étage, elle parvint à l'antichambre séparée par une herse de fer. À côté, une chambre petite mais confortable l'attendait séparée elle aussi de la précédente par une porte impressionnante de par son épaisseur (61). On pouvait ouvrir un grand judas à travers la porte, pour laisser passer les plats. Sa garde rapprochée prit place dans la première pièce, et elle s'installa avec ses fidèles dans la chambre. Ligneyrac prit rapidement la parole.

– Madame, nous sommes ici en sécurité, mais il ne faut pas tarder à rejoindre Carlat, mon frère Albert-Gilbert, seigneur de Marzé nous attend à Montarzy avec cinq cents cavaliers. Une fois là-bas, nous ne risquerons plus rien. Il est le seigneur, la garnison est sûre et le château imprenable (62). Nous devons nous mettre en route dès demain.

– Nous ferons comme cela, mais en attendant, il faut que je me repose.

------

⁶¹ Ces pièces furent murées après son passage. L'effondrement d'une partie de la tour les dissimula durant quatre siècles. Ce n'est qu'en 1999, à l'occasion de fouilles, que l'on découvrit les deux pièces avec le mobilier et la décoration de l'époque.

⁶² De par sa position, il ne fut jamais envahi. On y accédait par un escalier, taillé dans la roche. Il est démantelé par le roi Henri IV en 1603.

Comme toujours, après une journée aussi éprouvante, elle fit le point sur les événements. Elle ne pouvait s'empêcher de penser qu'elle se jetait droit dans une prison, emmenée par Ligneyrac et dans une forteresse dont son frère était le gouverneur. Elle serait ainsi à sa merci tant pour sa sécurité que pour son entretien. Elle n'avait plus d'argent, comment rémunérer cette escorte qui l'attendait. L'argent de ses différentes possessions et terres ne lui parvenait plus, il fallait dans les prochaines semaines vendre une partie de ses bijoux pour survivre. Elle pouvait toujours compter sur son amant de cœur, le seigneur d'Aubiac. Mais elle commençait à craindre pour la vie de celui-ci. Elle avait bien vu les regards de Ligneyrac sur Aubiac. Il fallait dans les prochains jours, jouer une comédie bien agencée à son capitaine des gardes et prendre de la distance, en attendant qu'elle puisse de nouveau avoir sa liberté de manœuvre.

Aubiac s'approcha d'elle et lui dit tout bas.

– Madame, un complot se prépare contre vous, on veut vous livrer à votre frère et vous emprisonner.

Le jour se levait dans la campagne aveyronnaise. Marguerite se laissait préparer par ses suivantes et ses demoiselles d'honneur qui avaient pu l'accompagner. Elle repensait à ce que lui avait dit Gabriel d'Aubiac, hier soir. Le complot qu'il lui avait décrit, en surprenant une conversation entre deux écuyers de Ligneyrac, consistait à la faire prisonnière dans le château de Carlat et à la livrer au Duc de Guise qui pouvait s'en servir comme otage de marque pour pouvoir influer sur la politique royale, tout en affichant sa volonté de la protéger des huguenots et de son mari. Et puis, une fois les volontés du Duc de Guise consenties par le roi Henri III, on la livrerait à son frère et on la conduirait dans une place où elle serait retenue prisonnière. Ligneyrac lui avait dit la veille que son frère l'attendait avec cinq cents cavaliers. Il n'avait pas pu rassembler autant de personnes en si peu de temps. Elle se dit que cette « fuite » (63) avait donc été préparée de longue date par Ligneyrac. Comme si on « savait » qu'un jour elle devrait se réfugier dans la ville de Carlat, ou bien… qu'on voulait qu'elle se réfugie dans cette ville. Elle soupçonnait donc que les Ligneyrac tout en montrant leur attachement, allaient la trahir et en gage de bonne volonté vis-à-vis du roi, son frère, et en accord avec les Guises, la livrer. Mais

---

63 Effectivement, le gouverneur de Carlat attendant la reine aux portes d'Auvergne avec cinq cent cavaliers. Il avait fallu préparer cette troupe.

que pouvait-elle faire ? Pour l'instant, il fallait poursuivre sa route et se réfugier dans le château de Carlat. Puis, sa suite viendrait la rejoindre. Et puis, elle s'était déjà sortie de situations encore plus dramatiques.

Elle prit la décision d'écrire à sa mère et de lui demander conseil tout en lui signifiant le regret de sa conduite de ces derniers mois. Elle lui demanderait d'intercéder en sa faveur auprès de son frère. Cela pourrait apaiser sa rancœur, et contrecarrait les plans des Ligneyrac et des Guises. Il fallait que dans sa lettre, elle puisse informer Catherine de Médicis, des desseins du Duc et du plan imaginé par les Ligneyrac.

–Sortez toutes, je vais écrire à ma mère.

Tout en s'installant sur le meuble secrétaire et s'emparant de son écritoire (64), elle ne put s'empêcher d'être envahie par les mêmes sentiments vis-à-vis de sa mère, chaque fois qu'elle devait lui écrire ou se retrouvait en sa présence. Sentiments diffus d'admiration et de crainte, mais la certitude que l'amour qu'elle lui portait, ne semblait pas être partagé. Combien elle aurait voulu que sa mère la reconnaisse avec autant de tendresse qu'elle en avait eue pour ses frères, et pour son préféré Charles IX. Finalement, elle avait entrepris toutes ses actions et ses révoltes pour que sa mère puisse la considérer et la remarquer, non comme

---

[64] Nécessaire contenant tout le matériel pour écrire.

un objet pouvant la servir à atteindre ses objectifs, mais bien comme sa fille, une personne de confiance et une femme libre.

Elle prit sa plume et commença.

« À la reine Mère, première dame du Royaume

Madame, si au malheur où je me vois réduite, il me reste l'honneur que j'ai d'être votre fille et l'espérance de votre bonté, j'aurai déjà de ma propre main devancée la cruauté de ma fortune (65). Mais me souvenant de l'honneur que vous m'avez toujours fait d'être votre fille, je me jette à vos pieds et vous supplie très humblement d'avoir pitié de ma trop longue misère. Prenant votre protection, faites en sorte que le Roy veuille se contenter de mes malheurs et me tenir à l'avenir pour sa très humble servante. Qu'il sache par votre entremise que je ne trame nul complot, que je suis aidée par le bailli d'Auvergne et que je vis en recluse, et ne suis la complice d'aucun. On me dit que le Duc de Guise saura prendre toutes les dispositions nécessaires pour servir le Roy. Je suis aussi dans cette volonté de le servir et de ne pas être prisonnière de mes rancunes. Sachez, Madame que vous me donnerez une seconde vie en me croyant et je la poursuivrai en obéissant à vos commandements et à ceux du Roy. Je finirai en baisant très humblement vos mains et prie Dieu de

---

[65] Début d'une lettre de Marguerite de Valois à sa mère en 1584

*vous donner santé et longue et contente vie. Votre très humble et
très obéissante sujette.*

Marguerite »

Elle reposa la plume, plia sa lettre et mit son cachet. Il était
indispensable que cette missive parvienne le plus rapidement
possible à sa mère, Catherine de Médicis.

Chapitre 5 : Carlat, Décembre 1585.

Les semaines avaient passé, elle avait pris possession du château et s'imagina les prochains mois. Sa suite, avec ses meubles et une partie de ses bijoux qu'elle avait laissés à Agen, en ce début décembre, avaient enfin rejoint la cité.

La jalousie, parfois la haine de François Robert de Ligneyrac se faisait sentir. Il se conduisait en maître des lieux. Heureusement son frère, le gouverneur, ne le suivait pas sur ce terrain et continuait à marquer à Marguerite une déférence lui permettant de ne pas se sentir prisonnière dans son propre domaine. Et puis sa suite était arrivée, ses dames de compagnies, ses écuyers, ses gardes suisses, ses intendants (66). Mais tout ce monde était à payer, et elle savait qu'elle n'avait plus d'argent. Ses revenus ne lui parvenaient plus. Son frère le roi les bloquait et donnait les consignes nécessaires pour verser l'argent directement dans ses coffres (67). Malgré son éloignement, elle continuait à suivre les affaires du royaume par l'intermédiaire des courriers et des messages qui lui parvenaient de loin en loin. Le maréchal de Matignon poursuivait son avance et était aux portes de l'Auvergne avec l'armée du roi. Son intention était prévisible,

---

66 On peut estimer à trois cents, les personnes qui accompagnent Marguerite de Valois, ses livres de compte en témoignent.
67 Henri III avait ainsi pris des « sanctions économiques » vis à vis de sa sœur.

entourait Carlat, y mettre le siège et négocier avec le frère de Ligneyrac, pour qu'on la fasse prisonnière.

Elle avait le temps nécessaire pour écrire, et continuait à entretenir une correspondance régulière. Cette fois-ci, elle devait écrire au roi.

« Sire,

Votre jugement doit être mon juge équitable, quittez la passion et considérez ce que j'ai dû endurer pour vous obéir. Qui ne les a pas éprouvés, en blâmera les actions avant de les avoir considérées (68). *Votre volonté était que je puisse de par ma position vous renseigner sur les intentions de mon mari, Henri de Navarre, vis-à-vis de la royauté. Comme indiqué auparavant, il ne partage pas les desseins des huguenots les plus acharnés, qui parlent maintenant de république, d'états unis du sud, et de confédération calviniste en Europe. Il demeure très attaché à la position et aux valeurs de la royauté tel que pratiquées dans notre saint pays depuis des siècles* (69). *Quant au Duc de Guise son intention est de défendre votre pouvoir et de créer en France, une nouvelle royauté solide à l'image de celle d'Espagne. Tout son argent et son énergie vont dans le sens de vos intérêts, et aucun*

---

[68] Etrange début de lettre adressée à son frère le roi en 1585, le reste est imaginaire.

[69] Il est vrai qu'il ne partagea pas les écrits de la constitution des états libres du midi qui distingue nettement les pouvoirs exécutifs, législatifs et judiciaire, bien avant « l'esprit des lois » de Montesquieu en 1748.

vent contraire ne pourra plus venir à l'encontre de votre projet. Ne pensez pas que j'ai désobéi, vous devez me croire, même si les faits rapportés à Votre Majesté ne correspondent pas. Ils ne sont que le reflet des intrigues de ceux qui veulent me nuire et m'abattre. Je supplie notre seigneur de donner à Votre Majesté, santé perpétuelle.

Votre très humble et obéissante sœur et sujette. »

Aubiac pénétra dans sa chambre et à l'abri des oreilles indiscrètes lui dit.

– Madame, je crains toujours pour votre vie et votre sécurité.

– Aubiac, je sais que ma vie est en danger. Mais dans peu de temps, j'aurai, je l'espère, retrouvé une partie de ma fortune. Et Dieu sait que j'en ai fortement besoin.

– Imaginez que l'aînée des Ligneyrac prenne la place de son frère comme gouverneur.

– Il ne peut faire cela, son frère a été nommé par le roi.

– Mais si son frère disparaît, il peut vous demander en tant que vicomtesse de Carlat de le nommer.

– Encore faudrait-il que son frère disparaisse et que je fasse cela. S'il arrivait malheur au sieur de Marzé, tu seras nommé à sa place.

Chapitre 6 : Carlat, avril 1586.

Elle se remettait lentement de sa maladie (70), et se sentait très faible. Heureusement, le pire était passé et les remèdes d'un apothicaire d'une ville proche l'avaient soulagée. Mais le gouverneur de Marzé était lui aussi tombé malade (71), et son frère Ligneyrac en profitait pour se rendre maître de la cité. Il commandait déjà aux troupes et avait même, sous prétexte de se faire rembourser des sommes qu'elle lui devait, fait main basse sur ses bijoux. À qui donc se confier et dénoncer ce Ligneyrac ?

Elle prit la décision d'écrire à Ponponne de Bellièvre, le conseiller depuis tant d'années de son frère le roi (72).

« Au sieur de Bellièvre,

Par la souvenance que vous avez de moi, je pense que vous avez gardé l'affection que vous avez toujours eue de notre maison. Je sais que Sa Majesté ne veut m'écouter et considère que les actions que j'ai menées pour lui ne sont pas à la hauteur de ce qu'il espérait. Il s'imagine une trahison, alors que je n'ai

---

[70] Elle tombe malade en février 1586, le 25 mars, l'ambassadeur du duc de Savoie précise dans une lettre, que selon les rumeurs de la cour de France, elle est proche de la mort.

[71] Il meurt quelques semaines plus tard, sa maladie reste inconnue, à l'époque on parle de poison.

[72] Nommé surintendant des finances par Henri III, il est de par ses qualités diplomatiques, son conseiller proche.

qu'obéi à ses ordres, sachant toutefois que loin des événements des batailles entre les huguenots et la ligue, que j'ai parcourus, il ne pouvait imaginer que l'on ne peut faire en toutes circonstances, prisonnier de son destin, tel qu'il le souhaitait. Aussi je vous demande comme à un ami, de pouvoir lui préciser les événements suivants, sachant que si ma missive était destinée directement au Roi, il ne ferait que la lire et l'oublier. Je ne me sens plus en sécurité ici dans ma ville de Carlat, ni en son château et suis recluse tel un pénitent du Louvre. Aussi, je vais demander à notre mère de me trouver un autre lieu où je pourrai me retrouver en sécurité loin des fureurs et manigances. Je pourrai faire de nouveau des projets et éloigner les rêves qui me hantent.

Votre dévouée et fidèle amie »

Il fallait que cette lettre parvienne rapidement au conseiller, mais étant surveillée, ainsi que ses demoiselles d'honneur et ses fidèles comme Aubiac. Elle avait pris la décision de confier ses missives au fils de l'apothicaire (73) qui venait régulièrement lui apporter ses remèdes dans sa chambre. Il était très jeune, était tombé amoureux d'elle. Elle l'avait persuadé de l'aider à transmettre celles-ci en des mains sûres, au-delà du château, qui

---

[73] Il fut assassiné par Ligneyrac quelques semaines plus tard, dans la chambre de la reine. Certainement par jalousie.

pouvaient les faire parvenir aux destinataires. Mais elle savait que toute correspondance pouvait être lue et pas forcément par des amis. Elle les avait donc chiffrées et seul le destinataire final pouvait les décoder.

Il fallait déjouer les plans de la Ligue.

Elle avait échoué, elle ne pouvait plus que fuir de cette ville et se réfugier dans le château d'Ibois que lui avait octroyé sa mère, en réponse à sa requête de lui trouver un endroit sûr. Tout était préparé pour le lendemain. Seul Aubiac et une servante l'accompagneraient. Elle savait que Ligneyrac ne se lancerait pas à sa poursuite, les royaux étaient proches de la ville, et leur commandant devait avoir reçu l'ordre de s'en emparer si jamais Ligneyrac refusait leur entrée. Il était donc temps de s'enfuir et de se réfugier dans un domaine de sa mère, ainsi elle serait à l'abri de l'armée du roi, qui n'oserait pas attaquer une possession de la reine mère et de Ligneyrac qui n'oserait la poursuivre. Il était maintenant le seul maître. Son frère, le seigneur de Marzé était mort, et malgré ses ordres de nommer Aubiac comme gouverneur, Ligneyrac avaient soudoyé les officiers et avait pris le commandement. Aubiac était retenu prisonnier. Elle avait dû négocier sa libération contre une forte somme d'argent qu'elle avait dû emprunter. C'était aussi l'arrivée des troupes royales qui lui avait permis de négocier avec Ligneyrac, il ne pouvait pas l'empêcher de partir, cela aurait été un affront pour la maison royale. Mais elle ne pouvait pas partir avec toute sa cour, elle aurait été vite rejointe. Il fallait donc fuir rapidement et une fois à Ibois, la ville appartenant à sa mère, négociée avec celle-ci, en espérant qu'elle puisse influer sur les décisions du roi. Elle prit de nouveau son écritoire et adressa sa dernière lettre dans ce château au marquis de Villeroy (74).

« Monsieur de Villeroy, mon dernier ami,

Ayant eu de Monsieur de Bellièvre, l'assurance que le roi soit de meilleure disposition pour mon avenir, j'ai pensé m'adresser à vous pour lui témoigner de ma bonne volonté à vouloir le servir de toute ma bonne foi, et vous supplie de bien vouloir l'assurer de ma totale soumission en ses décisions. Je dois fuir de mon refuge actuel, n'ayant plus la possibilité de me défendre et ne point retomber entre la puissance de ceux qui ont voulu m'ôter les biens, la vie et l'honneur (75). Je suis recluse comme dans un caveau. Puissiez-vous informer Sa Majesté des infâmes manigances de ces personnes. Les colonnes de mon infortune ne pourront pas faire disparaître le bassin de mon amertume et de ma vie. Si je n'avais peur de vous déranger, je vous demanderais de me donner des nouvelles de Sa Majesté, le roi. »

Elle pensait pouvoir faire parvenir cette lettre par l'intermédiaire d'une de ses demoiselles d'honneur qui lui restait fidèle. Elle la referma, non sans avoir mis une référence en marge, reporta les mêmes références dans son cahier de

---

[74] Homme d'état, principal secrétaire durant les guerres de religion, conseiller important du roi Henri III.

[75] Cette phrase est tirée d'une lettre de la Bibliothèque de Saint Petersbourg, et faisant allusion à Ligneyrac qui l'avait conduite à Carlat pour mieux la dépouiller.

correspondance et la cacheta. Les messages codés devaient donner un vaste aperçu de ce qui se tramait au sein de la ligue et de la famille de Guise. Il fallait envoyer la dernière à sa mère.

Chapitre 8 : Paris, Décembre 2007.

Philippe Berthier avait maintenant remis la correspondance et les mémoires inédites de la reine à un spécialiste du chiffrement depuis plusieurs mois. Bien sûr, c'était des copies qu'il avait effectuées, et il avait pris le soin de faire signer un contrat de confidentialité avec des précautions juridiques.

Il avait été obligé. Il avait bien lu les manuscrits avec attention et à plusieurs reprises. Les indications de certaines lettres l'avaient conforté dans ce qu'il pensait être un trésor oublié et certainement encore dissimulé lors des guerres de Religion par Guyot de Blanat, mais aucune indication dans les écrits ne lui avaient donné des détails pouvant le situer ou orienter ses recherches. Il avait donc pensé que tout avait été codé par Marguerite de Valois. Mais comment ? Par quels moyens ? Et avec quel code ?

Il avait cependant pris un plaisir sans partage de pouvoir lire l'ensemble. L'impression de découvrir une correspondance aussi prestigieuse que celle découverte à la Bibliothèque de Saint Petersbourg au XIX siècle par divers érudits qui avaient pu travailler sur d'autres lettres de la Reine, et en avaient répertorié l'essentiel (76). Il avait pensé avec un sentiment de désespoir et de

____

[76] Le premier fut le comte Hector de la Feriire, envoyé par Napoléon III en 1863. Il passe deux ans à effectuer le début d'un travail d'archiviste, celui-ci fut

gâchis que plus de dix milles manuscrits avaient été acquises à l'époque par le secrétaire et traducteur de l'ambassade russe, Pierre Dubrosky durant la révolution, et transféré clandestinement en Russie. Il avait ensuite vendu les documents au tsar Alexandre I qui les avait fait déposer à la bibliothèque publique impériale (77) . On avait pu retracer le parcours de ces documents français. Ils avaient été conservés par les présidents du parlement de Paris de l'ancien régime, puis cédés à l'abbaye royale de Saint Germain des Prés. Ensuite, elles furent vendues ou cédées, cela n'avait pas été établi formellement, à Pierre Dubrosky. Finalement, la bibliothèque de Russie possédait plus de documents et de manuscrits français du XIII au XVIII siècle que la bibliothèque Nationale de France (78). Il avait pensé que ces manuscrits qu'il avait acquis à New York (79), devaient certainement avoir suivi un chemin identique.

Il pensa alors que cette partie de correspondance pouvait avoir été donnée à Thomas Jefferson, l'ambassadeur des États-Unis au moment de la révolution, puis emportée par lui au moment de son retour avant qu'il ne devienne président. Pourquoi pas?

---

complété en 1885 par un historien régional Philippe Lauzin. Cette correspondance tomba ensuite dans l'oubli pendant plus d'un siècle.

[77] Ils font toujours partie de la bibliothèque nationale de Russie à Saint Petersbourg.

[78] Authentique. Sans parler des collections privées.

[79] Deux lettres de Marguerite de Valois ont été mises aux enchères par Christie's ces dernières années sous les lots 415 et 416, vente 7411.

En attendant, il avait rendez-vous à l'hôtel Pullman de la tour Eiffel, avec Martin Delman, un véritable spécialiste du chiffrement. Franco-américain, il parlait couramment le français et n'avait aucun problème pour « décoder » des textes anciens de cette époque. Martin avait souvent travaillé sur des correspondances entre les ambassadeurs américains en France de cette époque et leur pays. Il avait décrypté les lettres transmises entre les insurgés américains du XVIII siècle et leur représentant à Paris, Franklin Roosevelt, ainsi que les missives échangées entre La Fayette et Georges Washington.

– Bonjour Martin.

– Bonjour Philippe, je dois dire que j'apprécie beaucoup cet hôtel, si proche de la tour (80). Je me replonge ainsi dans les symboles qu'ont laissés nos frères du XIX siècle.

Les deux hommes avaient fait connaissance quelques années plus tôt, et s'étaient reconnus rapidement comme francs-maçons. Encore que les loges américaines n'étaient pas du tout dans le concept de celles de France, car la laïcité était plutôt une marque de fabrique européenne.

---

[80] Gustave Eiffel faisait partie de la loge Alsace Lorraine, la tour comprend donc certains symboles dont le plus connu est les trois niveaux, correspondant aux trois niveaux d'initiation auquel se plie chaque frère. A noter que la tour dépasse de quelques mètres le sacré chœur construit de 1871 à 1873, en réaction à la commune de Paris. La tour Eiffel, construite de 1887 à 1889 est donc la réponse des laïcs.

– Imagine, Martin ma surprise lorsqu'en visitant les plus importantes des États-Unis, notamment celle où New-York, et de Pennsylvanie, j'ai découvert qu'elles exigent de leurs membres qu'ils croient en Dieu. De plus j'ai eu l'impression, au-delà de l'architecture et des signes, de visiter Disney World. J'ai même vu des ours en vente avec le logo dans les boutiques implantées au sein du bâtiment.

– Que veux-tu, n'oublie pas les origines des loges américaines fortement influencées par la celle d'Angleterre qui lui dicte encore ses principes, et le fait que l'influence protestante a été très forte lors de sa création. Mais les temps changent, de nouvelles voient le jour, moins influentes certes, moins tournées vers le show, mais plus libres. On peut même y aborder des sujets politiques. Elles sont en expansion. Et puis en Amérique, on ne vous trouve pas fréquentable, mais on vous envie votre liberté et votre travail.

– Oui, sans parler des ancêtres communs qui ont travaillé ensemble pour la liberté, Georges Washington et La Fayette (81).

– Sais-tu Philippe que j'ai travaillé sur une traduction en anglais des statuts de Shaw (82), outre le fait que ceux-ci ordonnaient le métier des maçons et leurs rites initiatiques du

---

[81] Tous deux francs-maçons.

[82] A l'origine des principes de la franc maçonnerie, rédigé par William Shaw, maître maçon du roi Jacques VI d'Ecosse, les écrits ont été retrouvé en 1860 au château d'Eglington, situé près du village de Kilwinning où l'on situe la création de la plus ancienne loge d'Ecosse en juin 1598. Les textes étaient rédigés en Scots, l'ancienne langue du pays

travail d'apprenti, compagnons et surveillants, on n'employait pas à l'époque le mot de maître, ils sont à l'origine de nos signes de reconnaissance.

– Non, tu plaisantes ?

– Et bien non, les maçons au sens métier du terme se reconnaissaient avec les mêmes signes, notamment lors de la poignée de main. Et bien sûr, il existait le serment, lors du rite d'initiation de l'apprenti à compagnon. Et à cette occasion, j'ai découvert que le premier initié, non opératif (83) a été ordonné en 1600.

– Dommage qu'il n'y a pas plus d'études historiques sur le sujet, je me demande si je ne devrais pas rechercher plus de textes des minutes (84) des loges de cette époque !

– Les plus anciennes datent de 1599, ce sont celles d'Edimbourg.

– Pourquoi abordes-tu ce sujet, c'est un peu éloigné de l'étude de nos manuscrits de la reine Margot.

– En fait, c'est le sujet de vos guerres de Religion qui m'ont fait penser à cette histoire. Le point commun commence par la nomination comme grand Maître de Londres de Jean-Théophile Désaguliers, qui, tu ne l'ignores pas, était né à la Rochelle, huguenot de son état, réfugié en Angleterre au moment de la

---

83 Ne faisant pas partie du métier de maçon.
84 Compte rendu des réunions des loges.

révocation de l'édit de Nantes et qui est connu comme le fondateur historique.

– Oui, il est aussi membre influent de l'Église anglicane.

–Ok, Philippe, mais son principe est de réunir tous les gens de raison, et il fut un ardent défenseur et partisan d'Isaac Newton. C'est lui qui demandera à James Anderson, un pasteur presbytérien, à l'époque on aurait pu dire calviniste ou huguenot, de rédiger les principes de la constitution. Ce texte fait preuve d'une grande tolérance religieuse et met fin au schisme entre les modernes et les anciens des maçons d'Angleterre, donc met fin au rejet des athées.

– Tu ne sais peut-être pas qu'au moment de la création en France, outre les nobles et les bourgeois éclairés qui les composaient, il y avait aussi des prêtres catholiques, certes libéraux.

– En tout cas, notre Marguerite de Valois, elle, était une catholique ardente.

– Oui, c'est vrai et même dévote à la fin de sa vie.

– Et as-tu trouvé un code, un chiffre qu'elle aurait utilisé.

– Non, pas vraiment, mais j'ai bon espoir, je te fais le résumé de mes recherches. Je les ai orientés sur la correspondance de la période 1585-1586. Et celles écrites de sa main, impossible de penser qu'elle ait pu les dicter, codées à un secrétaire. Le signe d'un code se trouve dans les références qui sont à la marge. L'un des codes les plus utilisé à l'époque est la référence d'un mot dans une lettre, indiquée par un numéro de ligne et un numéro dans la ligne. Jusque-là, c'est simple. L'émetteur et le destinataire emploient le même livre pour décoder. Mais elle écrit à des personnes très différentes, donc j'ai regardé le livre le plus lu à l'époque, la bible, cela ne donne rien, d'autant que les numéros indiqués ne dépassent pas 100. J'ai donc pensé que les numéros correspondaient à un mot de l'écrit lui-même, mais cela ne donne rien non plus, cela n'a aucun sens.

– Tu es sûr ?

– Je te donne un exemple, dans une lettre adressée à Henri III, on trouve les chiffres de lignes et de colonnes qui donnent : « *La royauté défendre énergie désobéi faits* ».

– On dirait un message tronqué, qui aurait une suite.

– Exact, j'ai donc continué sur les autres qui possèdent aussi des références. L'une d'entre elles est adressée au conseiller Bellièvre. Cela donne : « *Imaginer demande missive lire sécurité pénitent retrouver fureur* ». Et une troisième au marquis de Villeroy donne la phrase suivante : « *Disposition témoigner bonne de en bon qui comme infâme* »

– Oui, même en inversant l'ordre des mots, c'est incompréhensible. On dirait un rebut. Cela me fait penser au petit train de la télé de mon enfance pour meubler l'interlude en cas de panne. Il fallait deviner les mots inscrits sur chaque wagon, et le sens apparaissait à la fin.

– Tiens, tu me fais penser à une autre possibilité, et si les références étaient pour une autre lettre ?

– Impossible, il faut une chronologie, et puis elles étaient destinées à des personnes différentes.

– Il y a peut-être un code chronologique, notamment une indication pour la première du message. Et puis tu oublies une chose, elles partaient toujours au même endroit, le Louvre.

Chapitre 9 : Usson, décembre 1586.

Prisonnière, elle était prisonnière. Elle avait tout perdu. Sa fuite de Carlat avait été un échec, elle avait été faite prisonnière par le marquis de Canillac (85). À Ibois, on avait arrêté puis tué son amant, Aubiac (86). On l'avait assignée dans ce château sous la garde du marquis et de sa troupe. Elle ne disposait que de peu de moyens, Sa suite était réduite et on la surveillait de près. Elle avait voulu mourir à Ibois, mais non, elle continuerait à lutter. Contre son frère d'abord. Elle l'avait toujours loyalement servi, c'en était fini. Elle le combattrait. Et elle reprendrait contact avec son mari le roi de Navarre, il était maintenant le seul héritier légitime du trône de France. Il fallait donc qu'il règne, et pour cela il fallait combattre le parti des Guises, affaiblir son frère et faire basculer le destin. Elle n'avait pas pu envoyer la dernière lettre codée à sa mère. Celle-ci lui avait demandé d'utiliser ce moyen pour pouvoir lui faire passer des messages importants qui ne pouvaient pas être lus par d'autres. La première et la dernière lui étaient envoyées avec une indication indiquant le début et la fin du message. Les autres devaient être destinées à son frère ou à des conseillers proches, tous étant logés au Louvres. Catherine de

---

[85] Le roi Henri III ordonna au marquis de la garder prisonnière au château d'Usson. Elle sut par son intelligence et certainement son charme en faire par la suite un allié.

[86] Il fut exécuté par décision du roi et sous l'accusation de trahison le 8 novembre 1586, après son arrestation par les troupes du roi.

Médicis se chargerait ensuite d'intercepter la correspondance de sa fille et de la recopier pour la décoder avant de remettre les missives aux destinataires.

Il fallait qu'elle envoie la dernière lettre à sa mère. Ensuite, elle devait en faire parvenir une à son mari pour qu'il puisse empêcher Guise de nuire, mais aussi de prendre le dessus sur le parti de son frère.

Elle prit la plume, il n'y aurait aucune difficulté pour qu'elle lui parvienne.

« À la reine Mère, mon dernier soutien.

Madame, le malheur est bien sur moi, il ne me reste que l'honneur bien que j'ai voulu mourir pour ne pas subir le déshonneur d'être arrêtée sur ordre du roi, mon frère, croyant pourtant lui avoir témoigné de ma fidélité et de mon obéissance en toute occasion. Je reste profondément attachée à sa personne et continue à vouloir lui apporter tout l'aide nécessaire à son destin. Je pense qu'il saura vaincre ses ennemis dont je ne fais pas partie. Il s'agit d'une erreur et ne me serai-je trompé que ma bonne foi serait pour moi la preuve de mon obéissance au destin de sa volonté. Je baise très humblement vos mains et prie Dieu de vous donner santé et longue et contente vie. Votre humble et obéissante fille et sujette.

Marguerite »

Elle posa sa plume, nota les références sur son carnet. Il fallait penser à la façon d'aider son mari à vaincre son frère.

Chapitre 10 : Paris, Mars 2008.

Trois mois après sa rencontre avec Martin Delman, Philippe le retrouvait à Paris au même endroit. Il lui avait téléphoné deux semaines auparavant pour lui dire qu'il avait avancé certes sur la compréhension du code, mais que cela n'avait pas donné grand-chose sur les indications permettant de retrouver le trésor, s'il existait.

– Comment vas-tu ? Je suis impatient de t'entendre.

–Bien, j'ai avancé sur le code, et l'idée que tu m'as donnée la dernière fois, était la bonne. J'ai retrouvé cinq lettres de cette époque qui possèdent bien un code se référant à un écrit précédent, ingénieux comme système. Le top départ est donné par un message à sa mère. Elle indique le mot « premier » dès le début. Ensuite les références de la seconde adressée à son frère indiquent les mots à extraire de la première et ainsi de suite. La dernière est de nouveau à sa mère et lui donne indication de la fin du code en indiquant le mot « dernier ».

– Ce qui signifiait que Catherine de Médicis interceptait tous les courriers.

– Oui, mais comme ils sont tous envoyés à son palais du Louvre, cela ne devait pas être difficile.

– Et le message ?

– Cela donne les mots suivants. Le Premier message : « Complot bailli d'Auvergne duc de Guise suis prisonnière », le second message : « Duc de Guise créé nouvelle royauté Espagne argent projet vous abattre », le troisième : « Trahison la ligue faire prisonnier le roi château Louvre » et le dernier message « Roi doit fuir informer majesté manigances personnes faire disparaître le roi ».

– Cela me semble assez clair, dans la première elle parle d'un complot du Duc de Guise pour la faire prisonnière, le mot Bailli veut désigner Ligneyrac, puisqu'il est bailli d'Auvergne. Ensuite le projet du Duc, il complotait bien contre le roi Henri III et essayait de mettre en place une nouvelle monarchie avec l'argent du roi d'Espagne, Philippe. Le projet ensuite est de retenir prisonnier le roi au Louvre. En mai 1588, Le duc revient à Paris, malgré l'interdiction d'Henri III, et celui-ci doit s'enfuir [87] . On sait que l'argent des Guises a bien servi à cette tentative de renversement. Le dernier message confirme un projet d'assassinat du roi. De quand datent ces lettres ?

– Elles ne sont pas toutes datées, mais en fonction des événements qui s'y rapportent, je dirais essentiellement 1586.

– Cela colle avec les faits, les événements ont dû retarder ce projet et le fait que le roi ait devancé le Duc en le faisant assassiner en premier.

------

[87] Dénommé le jour des barricades le 12 mai 1588, fomenté par les représentants des quartiers de Paris et le Duc de Guise. Henri III doit s'enfuir.

– Voilà la preuve que Marguerite de Valois aidait son frère à se défendre de ses ennemis. Par contre, aucune mention de ton trésor, es-tu certain qu'il existe ?

– Non, pas complètement, mais j'ai acheté il y a plusieurs années, des documents manuscrits de la famille Ligneyrac. L'un d'entre eux, de la main d'un descendant, qui se nommait Joseph-Louis de Ligneyrac duc de Caylus, y faisait allusion, précisant que le trésor de Blanat aurait pu les sauver de la ruine, mais qu'il ne savait pas où il était caché. Ces ressources auraient été amassées lors des guerres de Religion et cachée dans un endroit que son ancêtre avait dû connaître.

– Admettons que ce trésor ait existé, que vient faire Marguerite de Valois dans cette affaire ?

– N'oublie pas que François Robert de Ligneyrac était son amant. Il a pu se vanter en lui faisant quelques confidences. Elle avait beaucoup d'intelligence et pouvait avoir deviné son secret.

– Si c'est le cas, elle aurait pu le trouver et l'emporter !

– Non, pas si tu étudies les faits. D'abord, elle a été prisonnière puis en résidence surveillée durant vingt ans au château d'Usson, de 1586 jusqu'en 1605. Ligneyrac est toujours vivant à cette époque, il meurt en 1613, deux ans avant la mort de Marguerite, dont elle se réjouit d'ailleurs (88). Et puis dernier point, à partir de 1594, des négociations s'engagent entre elle et son mari pour un divorce. L'accord se fait cinq ans plus tard,

---

[88] Elle en parle dans ses correspondances retrouvées de l'époque.

moyennant une somme de 200.000 écus qu'elle touche, elle redevient riche.

– Elle a pu en parler à quelqu'un d'autre ?

– Peut-être, mais elle n'en fait aucune allusion dans sa correspondance, à part le fait que Ligneyrac est avare, qu'il lui a volé ses bijoux et demandait une forte somme pour qu'elle puisse partir de Carlat, où elle était devenue prisonnière, comme tu le sais.

– Et Henri IV ?

– Elle s'était rapprochée de son mari, après la mort de sa mère et de son frère Henri III en 1589. Elle souhaitait faire la paix avec le futur Henri IV, mais j'ai ressenti de la rancune, voire de la haine pour sa mère et son frère après son arrestation et la mort de son amant Aubiac.

– Bon, tout cela ne t'avance pas sur ce trésor hypothétique, j'ai plus de chance de casser un code secret que toi de le découvrir.

– C'est vrai, mais n'oublies pas que cela me permet de chercher et d'y trouver du plaisir, comme de chercher des documents rares et de les découvrir.

–Pour moi, je te propose d'arrêter le job. Je pense avoir fait le tour de la question.

– Non, je dois te fournir en plus des lettres, les mémoires de Marguerite de Valois, celles que j'ai achetées, avec ton éclairage de déchiffreur de code, il peut y avoir d'autres renseignements intéressants.

Chapitre 11 : Coutras, le 20 octobre 1587.

Les armées se font face. Un peu plus tôt dans la matinée, les derniers régiments de Navarre ont traversé la rivière de la Dronne, au gué dit de Sénac. Les troupes huguenotes sont bien en place, sur une petite plaine. Navarre sait qu'il ne peut plus tergiverser et se livrer à des escarmouches. C'est une bataille qu'il doit engager. Les royaux arrivent et se mettent en place. Quelle différence entre l'armée du roi, commandée par le Duc de Joyeuse, favori du roi, dans leurs armures rutilantes qui luisent au soleil. En face, une armée de Gueux, mal habillée, peu d'armures, des vêtements sombres, à l'image de leurs prédicateurs. Le nombre des armées en présence est presque équilibré, avec cependant un avantage pour Joyeuse, qui possède un peu plus de cavalerie, avec 1800 chevaux, et de fantassins, avec ses 5000 hommes. Il est certain de vaincre, il commande cette « merveilleuse » armée du midi, comme le désigne son roi.

Des troupes aguerries, sûres d'elle, tellement sûres, qu'elles se placent toujours de la même façon, On dispose l'artillerie là où on peut, sans se préoccuper de savoir si les pièces pourront atteindre les régiments ennemis. La cavalerie est toujours placée de la même façon, au centre du dispositif, pour lancer la première charge, et les régiments de fantassins sur les côtés pour suivre les cavaliers et achever le carnage. Navarre sait cela, il l'a déjà vu mais il dispose aussi d'autres renseignements, bien plus précieux.

Les lettres lui sont parvenues. Elles ont bien indiqué, les méthodes et les commandements de Joyeuse, la façon dont il se comporte et son caractère impétueux.

Ainsi, Navarre peut lui tendre le piège, celui dans lequel il tombera à coup sûr. Celui qui lui permettra de remporter une victoire. Il a disposé ses deux canons et sa couleuvrine (89), sur une butte qui va balayer le champ de bataille, mais surtout le centre de Joyeuse, là où il a fait placer sa cavalerie. Il a aussi fait intercaler dans celle-ci, des arquebusiers. Tous, ils ont ordre d'attendre sur place, ne pas aller au-devant de la charge de l'ennemi. L'artillerie et les coups d'arquebuses vont disloquer cette troupe, de plus la distance parcourue sera importante, les chevaux arriveront fatigués. Les régiments de fantassins, intercalés avec les cavaliers vont attendre aussi, et baisser leurs immenses piques au moment où les cavaliers royaux seront au contact. Une fois la charge brisée, les flancs de l'armée huguenote vont avancer pour prendre en tenaille la cavalerie. Navarre sait aussi que Joyeuse se lancera avec son cheval dans la mêlée. Il a donné ses instructions, il faut l'abattre, et dès qu'il est à terre, semer le désordre en criant partout que Joyeuse est tombé. Si le plan se déroule comme il l'a imaginé, on scinde ainsi l'armée royale en deux, la cavalerie du roi, sera presque anéantie, et on

---

[89] Peu de moyens pour l'artillerie à cette époque, souvent dû à la difficulté de déplacer les pièces assez lourde sur des terrains accidentés. La couleuvrine est une pièce à canon long dont la portée est plus grande.

poursuivra les fantassins qui arriveront à peine sur les lieux de l'affrontement.

Navarre galvanise ses fidèles, il leur rappelle les massacres de Joyeuse sur les deux régiments huguenots de la Mothe-Saint-Héray (90). La cavalerie royale est lancée, ils ont mille mètres à parcourir. Les troupes de Navarre ne bougent pas. Les canons sont en action, à chaque coup, plus de trente cavaliers tombent. C'est au tour des arquebusiers, ils ont attendu que les premières lignes soient à leur portée. Ils avaient repéré les limites du terrain, d'où les tirs pouvaient commencer, à cent mètres de leurs lignes. Les coups portent, des dizaines de cavaliers tombent. Le restant est maintenant au contact. Les piques s'abaissent, les chevaux viennent s'empaler, tombant les uns sur les autres. C'est au tour de la cavalerie huguenote d'entrer en action. Les fantassins de Navarre viennent de se mettre en marche.

Comme prévu, les fantassins royaux sont encore en train de courir pour les rejoindre et venir appuyer les cavaliers. Mais il est trop tard, Joyeuse est tombé à terre. Il est encerclé, un soldat de Navarre pointe son pistolet, le coup part. La balle fracasse la poitrine, elle est tirée à bout portant. Les cris s'élèvent, « Joyeuse est mort, replions-nous ».

---

[90] 800 huguenots sont exterminés le 21 juin 1587. Ce fait fut appelé le massacre de la Saint Eloi.

C'est la débandade, les fantassins de l'armée du roi, avant même d'entrer en contact, font demi-tour. Ils sont poursuivis. Deux heures ont passé depuis le début de la bataille. C'est fini, Navarre est maître du terrain. L'armée royale n'est plus, son commandant est mort. Et il sait que cette première victoire de son armée (91) sera décisive pour la suite, et marquera longtemps les esprits.

---

[91] Ce jour-là, deux mille soldats du roi sont morts, Navarre dénombre cinquante morts de son côté.

Chapitre 12 : Usson, novembre 1587.

Le marquis de Canillac se faisait annoncer à la reine. Il venait pour la saluer. La position de Marguerite avait complètement changé. Habilement, elle avait su jouer sur l'amertume de Canillac, qui n'avait pas reçu, en retour de sa loyauté au roi et de son action pour la faire prisonnière, beaucoup de faveur et de récompense.

Henri III l'avait bien fait gouverneur d'Usson, bien maigre récompense, il s'attendait à recevoir le gouvernement de Haute Auvergne. Il était l'un des grands seigneurs de la région et maintenait aussi les autres nobles dans son emprise, et dans la cause du roi. Aussi, Marguerite l'avait habilement détourné vers la famille des Guise, dont le Duc Henri l'avait fait grand Maître de l'artillerie du duc de Mayenne.

Ainsi, dès le mois de février de cette année, elle était libre de ses faits et gestes. Une fois cette liberté acquise, elle s'était bien gardée de prendre parti et de montrer par trop un penchant pour la ligue. Bien au contraire, elle avait voulu faire savoir qu'Usson était un espace neutre. Son objectif était de défendre les intérêts de la noblesse de la région. Elle avait donc commencé à intégrer à sa cour les différentes familles de l'Auvergne, et faisait en sorte que la diversité des opinions religieuses et politiques soit respectée. Son objectif avait été mis en place rapidement, rendre

Usson imprenable par quelque parti ou armée, du fait de la disparité des membres de la cour. Dans peu, elle pourrait renvoyer la troupe que son frère avait mise en place au moment de sa capture. Des entrées d'argent de ses rentes lui parvenaient, et cela lui permettait de commencer des travaux d'embellissement, d'embaucher des domestiques supplémentaires. Elle voulait que bientôt, Usson passe d'un statut de cercle aristocratique d'Auvergne, à une véritable cour princière connue en Europe. Mais il lui faudra du temps et de la patience.

– Madame, je viens à vous, présenter mes devoirs.

– Bonjour, Marquis, quelles sont les nouvelles aujourd'hui.

– Hélas, Madame, une bien triste nouvelle. Monsieur le Duc de Joyeuse est mort. Une bataille s'est déroulée à Coutras, il y a deux semaines, et je viens d'apprendre que le duc et son frère (92) sont morts. L'armée royale a été défaite par les troupes commandées par Navarre. Cela a fait grand bruit.

– Comment cela s'est-il produit ?

– Le duc avait disposé armée comme il le fait habituellement, et comme nous l'ont enseigné nos aînées. Mais Navarre n'a pas fait de même, la cavalerie du Duc s'est donc retrouvée isolée, et ensuite massacrée par les tirs de l'artillerie qui a pu s'en donner à cœur joie.

----

[92] Le frère du duc Anne de Joyeuse, Claude de Joyeuse est mort aussi durant la bataille, ainsi que la plupart des chefs de l'armée royale.

– Il est vrai que mon mari n'a pas pratiqué les arts de la guerre que vous m'aviez expliqués.

– Oui, Madame, mais là, l'armée huguenote s'est comportée comme une armée de gueux et non de gentilshommes.

– Certes, marquis, certes. Mais que va faire l'armée royale.

– Heureusement l'armée du Duc de Guise a remporté une belle victoire, le 26 octobre contre les mercenaires allemands à Vimory (93), nul doute que l'armée du Duc de Guise va partir combattre les protestants.

– Et bien, marquis, nous sommes à Usson, loin des ravages de la guerre et il nous faut nous préserver de cela.

La conversation prit fin et le marquis se retira. Marguerite voulait écrire à Navarre (94). Il fallait qu'elle continue à l'informer. On frappa à la porte et un écuyer de sa garde entra.

– Madame, le lieutenant du roi de la sénéchaussée de Martel souhaite vous rencontrer et patiente depuis plusieurs heures.

– Que veut-il ?

– Il souhaite vous entretenir sur un sujet privé et confidentiel.

---

93 Près de Montargis, dans le Loiret.

94 Dans les années suivantes, Marguerite de Valois renseigna souvent Henri de Navarre, puis lorsqu'il devint roi continua à l'informer de ce qu'elle pouvait entendait dans la région. Elle fit même déjouer une tentative de complot de Charles de Valois et de Biron en 1599. Contre ses services rendus, on lui céda le comté d'Auvergne, ce qui fut enregistré par le parlement en 1605.

– Faites-le entrer, je vais lui accorder quelques minutes d'entretien.

Aymar Duboys pénétra dans la salle de réception de la reine, et marqua un instant d'hésitation. Décidément, elle était toujours aussi belle que lorsqu'il l'avait vue plusieurs années auparavant. Mais, il avait l'impression que la beauté était rehaussée par les sentiments que portaient son regard. Quelque chose de diffus, mais qui portait à croire à un déterminisme farouche et en même temps à une tristesse de tous les instants.

– Monsieur, je vous écoute.

– Madame, je suis confus de vous déranger sans m'être annoncé avant et de vous importuner, mais je serai bref. Je suis venu vous parler de la même énigme qui a requis une enquête de ma part, et que je vous ai signalée il y a deux ans.

– C'est vrai qu'à l'époque, vous n'avez pas pu interroger Ligneyrac. Nous avions dû fuir rapidement Agen.

– Oui, Madame, je sais cela, mais je serai franc avec vous, je ne sais toujours pas quels sont les assassins et je me pose toujours des questions sur ce drame.

– Que puis-je faire pour vous ?

– Je souhaite établir la vérité. J'avais recueilli des témoignages nombreux à l'époque, mais beaucoup d'entre eux ont été ignorés lors du procès de par l'attitude des grandes familles noblières de la région, Rilhac et Ligneyrac.

– Je vous crois, Monsieur. Que voulez-vous savoir ?

– Je souhaite recueillir des témoignages sur ceux-ci. Ce dont je vous parle a comme mobile l'argent, car le seigneur de Blanat possédait une fortune importante dont une partie a disparu lors des meurtres, et l'autre partie a été cachée par ses soins.

– Ligneyrac s'est toujours vanté de posséder beaucoup d'argent, et celui-ci le guide dans ses actions, il ne m'a libérée que contre une rançon. Il avait peur aussi que le roi, mon frère, ne se fâche qu'il me retienne sans son ordre, et les troupes royales étaient proches. Donc, il m'a relâchée, mais cela ne l'a pas empêché de me voler mes bijoux et d'exiger une forte somme d'argent pour que je puisse partir. C'est une personne violente, sans pitié, avare et vaniteuse. Mais j'avoue ne pas être informée des meurtres que vous mentionnez. Quant au seigneur de Rilhac, je ne le connais point et ne puis vous renseigner sur lui.

– Guyot finançait la cause des réformés, j'ai pensé que c'était la raison du meurtre, et que son épouse soit aussi sauvagement assassinée parce qu'elle avait reconnu le meurtrier. Et d'autres éléments m'ont ensuite fait penser que l'autre mobile était le vol de son argent.

– Quel nom avez-vous dit ?

– Guyot !

– Je l'ai entendu prononcer ce nom Guyot. Un jour, il m'a dit la phrase suivante, « le trésor de Guyot est en lieu sûr, je ne serai jamais ruiné ». Je comprends mieux ces paroles. Mais je ne peux vous dire si Ligneyrac y a participé.

— Merci, Madame, pour votre franchise, je ne sais si un jour je pourrai porter tout ceci de nouveau devant un tribunal, l'époque est troublée par les guerres, mais j'avoue qu'elle m'obsède.

— Je ne pense pas que vous pourrez le faire, Monsieur. Qui se soucie encore aujourd'hui du meurtre de deux personnes, face aux centaines de meurtres qui se perpétuent chaque jour dans le royaume.

Chapitre 13 : Cahors, septembre 2008.

Philippe Berthier avait préféré prendre le train, c'était certes, plus contraignant pour lui et beaucoup plus long, sept heures de parcours, mais il pouvait ainsi travailler dans le train et rédiger la synthèse qu'il devait faire depuis longtemps sur les mémoires de Marguerite de Valois.

Sa destination était Cahors, il devait rencontrer Antoine Bliat, l'un des spécialistes de cette époque, et faisant partie des archives départementales du lot. Il avait été amené à prendre contact avec lui, quand il avait lu sur Internet le document que celui-ci avait fait sur les meurtres et qui mentionnait Ligneyrac. Sans trop s'avancer sur ses véritables motifs, il lui avait indiqué qu'il lui remettrait une copie des documents qu'il avait pu acquérir. Il avait même pensé que son interlocuteur au téléphone s'était évanoui lorsqu'il lui avait donné les renseignements sur les manuscrits, tellement le silence avait été long après son annonce.

Antoine Bliat s'était montré enthousiaste, prêt à répondre à ses questions et à lui faire visiter les archives et les trésors de documents et de registres. Il comptait donc rester deux à trois jours et avoir le loisir de visiter certains sites.

Il pensait que finalement, c'était le même temps de trajet à partir de Paris pour se rendre à New-York ou à Cahors, sauf qu'à

Cahors on se déplaçait plus facilement qu'à New-York, les embouteillages n'étaient pas de même dimension.

Il se remit à sa synthèse et rédigea la suite.

« Il est à noter que les lettres que Marguerite de Valois a adressées à Henri de Navarre, juste avant la mort de son frère Henri III (95) *en août 1589, démontrent la haine qu'elle porte à son frère après qu'il eut donné l'ordre de son arrestation, et les brimades qu'il lui avait fait subir dans les années précédentes. Elle bascule alors, non dans le camp des ligueurs comme elle l'avait fait auparavant, mais bien dans celui de Navarre. Et sous des aspects anodins, le renseigna abondamment dans sa correspondance sur ce qu'elle apprenait de par les confidences des personnes qui l'entouraient, non seulement sur les actions de son frère, le roi Henri III, mais également sur les agissements de la Ligue.*

C'est ainsi que le roi de Navarre sut que de nouveau, le roi Henri III voulait le désigner comme successeur. Connaissant les volte-face du roi, Henri de Navarre se méfiait. Aussi, la confirmation de Marguerite des volontés du roi, lui permit de prendre la décision d'envoyer, le baron de Rosny (96) *à la cour*

---

[95] Il fut tué le 1 août par un moine dominicain, Jacques Clément, qui sous prétexte de lui remettre des lettres, le poignarde.

[96] Plus connu sous le nom de Duc de Sully, il fut effectivement chargé de contacter Henri III pour confirmer la volonté de celui-ci a désigné Navarre comme son successeur pour lui succéder sur le trône de France.

pour entamer les négociations avec le roi. (97). Après la mort d'Henri III, qui demanda la veille, sur son lit de mort à ses proches de jurer fidélité à Henri de Navarre, puisqu'il l'avait désigné comme le futur roi, Marguerite de Valois continua à le renseigner. Il est vrai que ce rapprochement entre les deux époux a permis de régler leur divorce dans les années suivantes, qu'elle accepta moyennent une somme d'argent considérable. Elle aurait pu rentrer à Paris et mettre fin à son exil en 1599. Elle ne le fit qu'en 1605, préférant rester en Auvergne, à Usson, où sa position et sa cour nombreuse lui permettaient d'être informée de tout et de renseigner Henri IV, et de combattre son neveu Charles de Valois qui avait hérité des possessions que sa mère Catherine de Médicis lui avait léguées par testament (98). »

Philippe ouvrit un autre dossier sur son portable, et rédigea la suite.

«Pour le reste de la correspondance, je n'ai pas pu trouver d'autres indications sur le trésor de Blanat. Je reste persuadé qu'elle savait que Ligneyrac connaissait l'endroit où il était enfoui. Est-il toujours au même endroit ou Ligneyrac l'a-t-il déplacé ? Il faut aussi noter un paragraphe très étrange sur ses mémoires qu'elle rédige sur la fin de l'année 1587. Elle fait part de la visite d'un officier du roi, qu'elle ne cite pas, et dit que des

---

[97] Elles furent nombreuses durant les années 1588 et 1589.

[98] On soupçonne Henri III, au moment du décès de sa mère de lui avoir dicté le testament qui déshéritait sa sœur.

soupçons pèsent sur Ligneyrac. Deux ans plus tard, elle dit avoir rencontré de nouveau cet officier, maintenant aux ordres de son époux Henri IV, qu'elle cite comme « le roi, mon seigneur (99) », et elle termine sur l'indication que cet homme intègre saura où se trouve la fortune d'argent aux trois pales de gueules. J'ai évidemment reconnu le descriptif du blason de Ligneyrac (100). »

Le train arrivait en gare de Cahors en cette fin d'après-midi. Philippe descendit et se mit à la recherche d'Antoine Bliat, qui devait l'attendre avec un petit panneau portant son nom. Il devait ensuite l'amener à son hôtel.

Il l'aperçut assez rapidement, aidé en cela par les dimensions de la gare de Cahors, un peu éloignée de celle de Montparnasse. Il vint à la rencontre de celui qui l'attendait et le salua.

– Bonjour, et merci d'être venu me chercher, c'est gentil à vous.

– Non, non, c'est normal. Et puis, je peux bien vous rendre ce modeste service, après ce que vous m'avez dit au téléphone et le trésor que vous me faites partager.

– Le trésor ?

– Enfin, les mémoires inédites à ce jour de Margot.

---

[99] Elle termine ses lettres de la façon suivante : Votre très humble et très obéissante servante, femme et sujette.

[100] D'argent aux trois pals de gueules au franc-canton coticés d'or et de gueules de douze pièces.

– Ah oui, bien sûr. Nous allons pouvoir en parler abondamment, je compte rester quelques jours, et en profiter pour visiter certains lieux, notamment le château de la commune de Ligneyrac. C'est loin d'ici ?

– Non, enfin une centaine de kilomètres, mais pas trop de circulation, vous pouvez y être en une heure.

– Je vais louer une voiture, de toute façon, j'aurai besoin de me déplacer.

– Bien, sinon, je pourrai vous y emmener, je connais le maire de ce petit village, il a dû faire appel à nos services à plusieurs reprises, même si le village fait partie du département de la Corrèze, c'est un passionné d'histoire et il a consulté nos archives à diverses reprises. Comme une salle a été transformée pour abriter les services de la commune, je pourrai vous faciliter la tâche pour le visiter correctement.

– Je pensais qu'il ne restait que des ruines.

– Pas tout à fait, il a bien été en partie détruit sur ordre d'Henri IV, mais il en reste quelques pièces. Après les guerres de Religion, la famille a construit un castel à Pleaux. Je vois que vous vous intéressez à la vie de ce grand seigneur.

– Oui, en partie, parce que j'ai pu mettre la main sur certaines correspondances du dernier descendant direct qui est mort en 1830. Il y parlait de ses domaines.

–En fait, la famille n'a plus autant d'autorité, après les guerres de Religion. Ses positions extrémistes en faveur de la Ligue et des adversaires de la royauté ont marqué celle-ci.

Ensuite, le temps a fait son œuvre. Les descendants ont su renouer avec l'histoire de France. Mais toujours avec des positions royalistes. Le descendant dont vous parlez doit être Joseph Louis Robert de Ligneyrac, il fut nommé représentant de la noblesse à l'assemblée du tiers état de 1789. Il combattit ensuite dans l'armée des princes, contre les révolutionnaires. Il revint en France en 1806, et fut nommé pair de France au moment de la restauration en 1814. Mais la famille ne s'est pas arrêtée à celui-là. Il a eu un fils François Robert de Ligneyrac, décédé en 1905, si ma mémoire est bonne, c'est là que la lignée directe s'est éteinte. C'était la huitième génération après notre Ligneyrac des guerres de Religion.

– Bravo pour votre précision.

– Mais si vous vous intéressez aux domaines de la famille, vous devez aussi vous rendre à Saint Chamant, dans le Cantal, car ils étaient comte de Saint Chamant. Le domaine a été acheté par François de Ligneyrac. Le château est magnifique. Il a été vendu pour honorer les dettes de l'un des descendants, Achille Robert de Ligneyrac qui menait grand train à la cour de Versailles sous Louis XV. Ses créanciers ont revendu la demeure en 1777.

– Et le bâtiment est toujours debout ?

– Oui, car vendu à des bourgeois avant la révolution, les Couderc. Les différentes générations continuent à l'entretenir de façon remarquable. Cela ne doit pas être facile de nos jours, les frais sont énormes.

– Au fait, j'ai lu avec intérêt votre publication sur les squelettes de la maison de Blanat.

– Tout le travail en revient à une équipe, mais surtout à une anthropologue, Véronique Galliste, qui a su nous passionner sur cette découverte. Et puis nous avons été beaucoup aidés par les recherches préliminaires de la société historique et archéologique de Corrèze.

Ils parvenaient à l'hôtel du château de Marcuès, à quelques kilomètres de la gare. Celui-ci se dressait dans la campagne du Quercy.

– Vous avez bien choisi votre hôtel, c'est un plaisir de loger dans cette ancienne demeure des évêques de Cahors. N'oubliez pas de visiter les caves de l'hôtel. Cela vaut le détour.

– Merci du conseil, on se voit demain matin, disons vers huit heures, si cela convient, on prend le petit-déjeuner ensemble. Je vous raconterai l'essentiel des manuscrits dont je vous ai parlé, et vous remettrai la copie que je vous ai promise.

– Pas de problème, j'ai même pris congé durant deux jours pour que l'on puisse en parler. Au fait, et sans vous offenser, vous êtes bien venu dans la région pour trouver le trésor de Blanat !

Chapitre 14 : Cahors, septembre 2008.

Le lendemain Antoine, à l'heure prévue, se rendit à la salle du restaurant de l'hôtel, où l'attendait déjà Philippe.

– Bonjour, bien dormi dans cette demeure.

– Oui, j'avoue que le calme m'a permis de prendre un repos réparateur.

– Je vous ai vu marquer une belle surprise, hier soir, après ma réflexion. Désolé de vous avoir pris de court.

– J'avoue que vous m'avais scotché. Je ne pensais pas avoir la tête d'un chercheur de trésor.

– Oh, vous savez, et sans vous offenser, j'ai vu passer beaucoup de personnes qui recherchaient dans la région, les réponses à ce qu'ils avaient pensé découvrir dans leurs livres. Et de plus, il est vrai que notre pays se prête bien à ce genre de recherches. Il faut avouer que les diverses découvertes alimentent cette quête.

– Vous m'intriguez.

– Juste un exemple historique, celui du trésor de Simon d'Albignac, c'était un seigneur catholique durant les guerres de Religion. À la fin du XVI, il s'empare du trésor du Duc de Rohan, en préparant une embuscade sur ses terres aux troupes protestantes qui les traversent. Il cache le trésor dans son château du Triadou, en Aveyron. Lors de la révolution, en 1793, des pillards s'emparent des biens de la famille. L'un d'entre eux découvre le trésor qui était caché dans une contremarche de l'un des escaliers. Une armoirie marquait celle-ci. Bon, il faut avouer que c'est, parmi d'autres, l'un des trésors découvert dans notre Quercy.

– Qui vous dit que ce que je recherche se situe dans le Quercy.

– Si vous recherchez un trésor, il doit forcément se situer soit dans le Quercy, soit en Auvergne. Mais je ne voulais pas vous inquiéter, comme vous le savez, les lois sont strictes en France pour la répartition des découvertes (101). Et je n'ai pas le temps de chercher ce genre de choses, mes trésors à moi se trouvent dans les archives.

– Je pense que je peux vous faire confiance. Depuis plusieurs années, je suis à la recherche d'indices. Mais comment avez-vous découvert que je pouvais être à sa recherche.

– C'est simple, nos soupçons après la découverte de la maison de Blanat, nous avaient fait penser que le mobile des meurtres était le vol, Nous savons aussi qu'une partie des biens avait été dissimulée. De là à penser qu'un des acteurs de l'époque avait participé aux meurtres, dérobé l'argent qui était au château, et avait pu apprendre où se trouvait le reste, c'était logique. Mais aucune preuve ne vient l'affirmer.

– Vous avez raison, l'un des documents du descendant dont nous parlions hier, fait référence à cet argent en se plaignant que

---

[101] La moitié revient au découvreur et la moitié au propriétaire de l'endroit.

son ancêtre aurait dû leur donner des indications. Mais il n'indique rien d'autre, et notamment sur l'assassinat, rien ne relie Ligneyrac à celui-ci. Seule cette petite phrase démontre qu'il savait que Guyot cachait son argent.

– Pour le fait qu'il n'ait pas donné plus d'indications dans un testament à sa famille, il est vrai qu'il est mort à Saint Quentin de Chabanne, et l'on ne se sait pas dans quelles circonstances.

– Cette fortune, si elle a été volée par Ligneyrac, a pu aussi être changée d'endroit, conservée dans un autre lieu et dilapidée par ses successeurs. Notamment par celui, qui a mené grand train à la cour de Versailles.

– Possible, mais comment savoir ?

– Comment avez-vous su que le seigneur de Blanat la dissimulait ?

– Notre enquête, grâce à la découverte de manuscrits dans une maison de Saint-Michel nous a permis de découvrir que Guyot avait une double comptabilité. Une partie de ses avoirs avait été dissimulée, son notaire le savait. Et cela semble logique, le pays était en pleine guerre, les pillages étaient fréquents et il était fort riche. Comment imaginer qu'il entrepose cela dans les coffres de sa demeure. Donc les assassins de l'époque qui étaient venus le dépouiller, n'en ont emporté qu'une partie. Mais ils ont pu aussi le faire parler et tout emporter s'il était caché dans le château.

– Effectivement, mais comment Ligneyrac, si c'est lui, aurait pu le savoir.

– Deux personnes pouvaient donner les indices nécessaires, le receveur des rentes qui a été assassiné. On pense qu'il a pu renseigner quelqu'un sur le montant de la richesse de Guyot, et le notaire qui a pu deviner l'endroit où elle était entreposée.

– Bon, avez-vous pu prendre rendez-vous avec la mairie de Ligneyrac ?

– Oui, le maire nous attend vers 10 heures.

Ils prirent la route peu de temps après et arrivèrent une heure plus tard devant le château de Ligneyrac. La tour octogonale était encore en bon état et se dressait dans le bourg. Descendant de la voiture, ils virent un homme venir à leur rencontre. Encore assez jeune, le maire dégageait un dynamisme qui se devinait dans sa démarche et son maintien. Habillé de façon détendue tout en étant de goût, il s'adressa aux visiteurs.

– Content de vous revoir, Monsieur Bliat. Monsieur Berthier, enchanté de vous connaître. Bienvenu à Ligneyrac.

– Merci de nous recevoir et de prendre sur votre temps, lui répondit Philippe.

– C'est un plaisir. Antoine m'a parlé de votre métier et de votre passion, je la partage. Venez nous allons le visiter, enfin ce qu'il en reste.

– On m'a précisé qu'il avait été en partie détruit durant les guerres de Religion.

– Oui, c'est vrai, sa position en faisait un poste avancé de la vicomté de Turenne, donc en fonction des aléas des guerres qui ont ravagé le pays, il a subi pas mal de dommages. Ce qui reste est maintenant entretenu.

Ils pénétrèrent dans la pièce du rez-de-chaussée.

– C'est une ancienne salle de garde, vous voyez ici l'écusson des Ligneyrac qui se trouve sur cet entourage de porte. Certains ont supposé qu'il s'agissait d'un ancien ornement de cheminée. Et puis, on le retrouve sur la porte d'accès à la tour, en partie effacé. Ce qui reste de plus impressionnant c'est l'escalier à vis, il date du XIII siècle.

– Et cet entourage dont il reste une clé de voûte.

– Cela conduisait à la chapelle qui a été détruite. Comme vous le voyez, il ne reste que quelques éléments. Et bien sûr il reste des histoires et même des légendes.

– Et que disent-elles ces légendes ?

– Oh, la plus célèbre est celle de la richesse des trois pals de gueules qui permirent d'acheter les trois faces d'argent grâce au trésor enfoui mais qui fera le malheur de celui qui l'a dissimulé car il était maudit. Bon, je vous la raconte en version courte.

Ils continuèrent à parler et Philippe expliqua longuement sa passion et ses recherches, notamment sa découverte des manuscrits de la Reine Margot.

Deux heures plus tard, ils prirent congé du maire et se retrouvèrent sur la route du retour. Au premier croisement, Antoine se gara sur le bas-côté et coupa le moteur.

– Que faites-vous ? Lui demanda Philippe un peu surpris.

– Avez-vous entendu cette légende ?

– Oui, j'ai reconnu le descriptif du blason des Ligneyrac.

– Et les mots des « trois faces d'argent » ?

– Cela ne m'évoque rien.

– Eh bien, c'est le descriptif du blason de Saint Chamant.

– Ce qui peut signifier que le trésor des Ligneyrac a permis d'acheter le château de Saint Chamant.

–C'est ce que dit la légende.

– Et pour le reste, comment vous l'interprétez ?

– Que voulez-vous dire ?

– Le trésor qui porte malheur à celui qu'il l'a dissimulé ?

– Peut-être un rapport avec les morts violentes de Blanat. Le château de Saint Chamant est à 40 kilomètres d'ici. On peut y arriver rapidement, déjeuner et le visiter si c'est possible.

Après un rapide repas pris à Saint Chamant, ils se rendirent au château. Ils s'étaient renseignés sur les visites possibles, mais celles-ci n'étaient prévues que durant les mois de juillet et août. Ils s'étaient procuré un dépliant publicitaire. Ainsi, ils avaient appris que Ligneyrac avait acquis le château en 1589, et ses descendants l'avaient embelli et construit un énorme corps de logis tout au long du XVII siècle. Une très belle collection de tapisserie des Flandres et de la ville d'Aubusson était exposée dans différentes pièces, qui restaient un domaine privé et étaient toujours habitées de nos jours.

– Résumé de l'histoire, dit Antoine en remontant dans la voiture. Ligneyrac possède effectivement une fortune amassée durant les guerres de Religion, et par des moyens pas très reluisants. Son château de Pleaux est détruit par les protestants. Celui de Ligneyrac aussi, puis démantelé par Henri IV. Il achète la demeure de Saint Chamant, et son argent permet à ses héritiers de construire une magnifique demeure. Tout est ensuite dilapidé dans les fastes de la cour de Versailles. Tout est vendu. Et la famille retrouve une vie certes de nobles fortunés mais sans richesse excessive.

–Vous avez certainement raison, mais il reste quand même les bijoux de la reine, que Ligneyrac avait retenus en « paiement » de ses services. Ils ne semblent pas avoir refait surface. Dans ses mémoires, Marguerite en parle, en précisant que ceux-ci ont été volés par Ligneyrac. Et puis, l'argent que Guyot avait dissimulé, qu'est-il devenu ?

– Cela reste à découvrir !

Ainsi en peu de temps, et après le décès du Duc de Guise, sa mère Catherine de Médicis était morte. Elle ne l'avait pas revu depuis des années. Elle n'avait pas éprouvé beaucoup de chagrin. Sa mère l'avait abandonné dans son exil, puis dans son emprisonnement et n'avait pas voulu imposer à son fils d'arrêter de la poursuivre de sa vengeance. Et pour bien montrer qu'elle n'aimait pas sa fille, elle l'avait déshéritée au profit de son neveu Charles d'Angoulême (102). Un petit intriguant qui avait su gagner les faveurs de son frère Henri. Elle se promit de faire en sorte de contester cet héritage. Mais pour cela, il fallait qu'elle le combatte ici, sur les terres d'Auvergne, sur les terres que sa mère possédait, les comtés de Clermont et d'Auvergne. Certes, elle n'était plus dans le besoin extrême, mais pas non plus avec assez d'argent pour mener la cour qu'elle escomptait mener ici à Usson. Elle attendait ce matin Aymar Duboys.

Il lui avait fait savoir qu'il avait progressé dans son enquête. Celle-ci ne portait plus sur l'affaire de meurtre dont il lui avait parlé. Mais bien sûr, sur le vol, car elle parlait de vol de ses bijoux par Ligneyrac. Il lui avait promis de chercher à les lui restituer, ne sachant toutefois comment faire. Pour l'aider, elle

---

[102] Catherine de Médicis lègue toutes ses possessions d'Auvergne au fils naturel de Charles IX et de sa maitresse Marie Touchet, déshéritant de fait sa fille.

avait écrit plusieurs lettres faisant état d'un acte sordide en accusant formellement Ligneyrac. Elle en avait envoyé une à sa mère, à laquelle elle n'avait jamais eu de réponse et une ordonnance de sa main, demandant au lieutenant de police, de faire en sorte que justice lui soit rendue. Elle avait déposé une plainte civile devant la juridiction de Martel. Une avait aussi été rédigée et envoyée à son ami Brantôme avertissant le duc de Guise des agissements de Ligneyrac. Le double de celle-ci était en possession du lieutenant, qui aurait pu s'en servir pour faire pression. Malheureusement avec la mort du Duc, le moyen de pression ne pouvait plus faire effet.

Sa dame de compagnie du jour vint lui annoncer la venue d'Aymar Duboys. Elle lui dit de le faire entrer dans son antichambre sans plus attendre. Elle y pénétra, impatiente de savoir ce que Duboys pouvait lui apprendre. Le visiteur s'inclina à son arrivée.

— Et bien, Monsieur, j'espère que vous m'apportez de bonnes nouvelles.

— Oui et non, Madame. Je dois vous dire qu'il me fut difficile d'approcher le comte de Ligneyrac. Mais j'y suis parvenu et je lui ai indiqué la raison de ma visite, et lui ai fourni copie de votre requête et de votre plainte.

— Il a dû vous mépriser et mépriser aussi votre requête.

– Certes, Madame. Mais les copies des lettres portant votre sceau et vos remarques, surtout celles adressées au Duc de Guise ont su le remettre dans de meilleures dispositions.

– Quand s'est passée cette visite ?

– En septembre de l'année dernière, avant la mort du Duc de Guise. Il a donc convenu à ce moment-là de vous rendre vos bijoux, moyennant le retrait de votre plainte et l'assurance que vous ne porterez pas l'affaire devant le duc ou la cour. J'avais pris sur moi de rédiger un courrier de la sénéchaussée indiquant que la plainte serait retirée en cas de restitution. Il se trouvait à ce moment-là, du côté de la ville de Pleaux où il combattait avec ses troupes contre le capitaine huguenot Lavedan (103). Il ne pouvait à cette époque se rendre à Ligneyrac, les environs de la ville étant tenus par les protestants. Je suppose donc que vos bijoux étaient cachés dans son château. Il devait me prévenir dès qu'il aurait pu s'y rendre et il voulait vous les remettre contre votre promesse de ne plus faire allusion à son méfait. Je pensais à l'époque à un heureux dénouement pour vos bijoux. Malheureusement j'ai appris quelques semaines plus tard la mort du Duc. Il m'a semblé alors que la promesse de Ligneyrac serait compromise. Mais j'ai voulu m'en assurer et le revoir. Je n'ai même pas pu l'approcher. Il m'a fait savoir qu'il ne serait question de rendre son salaire pour les services rendus.

---

[103] Effectivement, Lavedan était le chef des armées protestantes de Haute Auvergne. Lui et Ligneyrac s'affrontèrent régulièrement jusqu'au traité de Salers en 1590.

– Le triste sire !

– Je crains Madame que cela ne soit compromis.

– Certainement, dans l'immédiat Monsieur. Mais nous allons faire en sorte que je puisse les récupérer un jour, ainsi que mes terres (104). Sachez que ma famille a fait en sorte que les possessions de ma mère ne me reviennent pas mais reviennent à son neveu et que j'en sois dépossédée. Je vous propose de me servir et de servir le royaume de France. Oh, sachez que l'entreprise est honnête. Un rapprochement va se faire entre les catholiques modérés que mon frère a maintenant rejoint et les réformés qui sont représentés par mon mari. Mais les deux camps se méfient. Il faut que les deux Henri se rencontrent pour allier leurs forces contre la Ligue et ses noirs desseins pour la France. Vous pouvez les aider à le faire.

– Madame, je ne peux, je suis toujours lieutenant de police de Martel, et je ne peux encore me soustraire à ma tâche. Et puis, je ne suis pas un diplomate, je ne saurais utiliser les arguments nécessaires.

– Monsieur, je ne vous demande pas d'être un diplomate, mais plutôt un agent secret qui en rencontrant les bonnes personnes pourrait œuvrer à ce rapprochement. Comme vous le savez, mon frère Henri n'a pas de descendant direct. À sa mort,

---

[104] Elle pourra les récupérer après un long procès devant le parlement de Paris qui trancha en sa faveur.

s'il ne désigne pas Navarre comme son successeur, les prétendants seront nombreux, et le plus sérieux n'est pas français.

– Je ne comprends pas.

–Philippe II, roi d'Espagne a le dessein de mettre sa fille Isabelle d'Autriche sur le trône de France (105), avec la complicité de la Ligue et de la famille de Guise.

– C'est impossible, la loi salique (106) l'en empêche, l'interrompit Aymar.

– Les ligueurs sont prêts à y renoncer, à la faire reconnaître comme seule héritière de la royauté de France. Si cela arrivait, nous serions alors assujettis par l'Espagne. Pour l'empêcher, il faut œuvrer à une rencontre entre le roi et mon mari. Je ne vois que Rosny pour faire le nécessaire. C'est un diplomate reconnu et respecté. Même s'il combat avec mon mari, il saura approcher Henri III et le convaincre de donner les arguments nécessaires pour rassurer le camp des huguenots et leur faire comprendre que le royaume est en danger. Je vous demande de l'approcher, de l'informer de ce plan machiavélique et de le convaincre de mener cette mission. Vous ne pouvez-vous y dérober. Votre neutralité et votre honnêteté sont des atouts supplémentaires pour y parvenir. Je ne vous cache pas non plus que cette entreprise est dangereuse, mais indispensable. Elle ne doit pas échouer.

---

[105] Elle est la petite fille d'Henri II, roi de France et la fille d'Elisabeth de France, troisième épouse du roi d'Espagne.

[106] La loi salique en vigueur en France ne permet que la nomination d'un fils comme roi de France. Les filles sont exclues du trône.

Aymar resta sans voie, il imagina dans quel sort et dans quel bourbier la France pourrait se retrouver si Philippe II arrivait à ses fins. C'en était fini du royaume de France.

– Bien, Madame, expliquez-moi comment agir.

Chapitre 16, Paris mars 2009

Philippe Berthier sortait de sa douche quand le téléphone sonna. Qui donc pouvait bien lui téléphoner à cette heure aussi matinale. Il n'aimait pas être dérangé en dehors des heures ouvrables. Il ne s'attendait pas à un coup de fil de sa famille ou de l'un de ses proches, il était seul dans la vie, plus de parents. Il avait bien été marié, il y a longtemps, mais divorcé dix ans plus tard, et sans enfants. Il avait certes des aventures, et certaines de ses liaisons duraient parfois plusieurs mois, voire plusieurs années. Mais immanquablement, elles se terminaient par lassitude, souvent de la part de sa petite amie du moment, qui ne comprenait pas son refus de s'engager plus avant dans la relation Ses déplacements un peu partout dans le monde ne facilitaient sa vie amoureuse.

– Allô !

– Bonjour, Monsieur Berthier ?

– Oui, lui-même.

– Excusez-moi de vous déranger si tôt, mais je voulais être sûr de vous avoir au téléphone avant vos occupations de la journée. Je me nomme Sébastien Voirin. Je suis paléographe et je travaille actuellement pour la Bibliothèque nationale de France dans le but de numériser des textes anciens, notamment du début du XVII siècle.

L'intérêt de Philippe commençait à être capté.

–Vos coordonnées m'ont été transmises par Antoine Bliat, je l'ai eu hier soir au téléphone et en lui posant certaines questions, il m'a dit que vous pourriez peut-être me répondre d'une manière plus précise.

– Si, je peux vous aider, pas de problème.

– Voilà, cela porte sur les mémoires de Marguerite de Valois, plus exactement sur le fait que l'on n'avait, jusqu'à votre découverte, édité que la partie allant de 1559 à 1582. La première édition remonte à 1628, on pense que de par son testament, ayant fait de Louis XIII son héritier, ses mémoires avaient été publiées avec son accord. Les historiens ont souvent pensé qu'elle n'avait pas écrit la suite après 1582, ou bien cette partie s'était perdue. Antoine Bliat m'a donc précisé que vous aviez retrouvé et acquis la seconde partie de ses mémoires lors d'une vente aux enchères aux États-Unis.

– C'est exact, en fait cette partie existait bien, mais n'a jamais été publiée et les manuscrits ont sans doute été vendus à la révolution et ont quitté la France.

– C'est bien ce que je soupçonnais aussi, mais si je vous disais qu'ils n'ont jamais été publiés de par la volonté de Louis XIII, puis certainement de ses successeurs. Qu'ils ont été gardés au secret à l'abbaye royale de Saint-Germain, en étant classés comme documents subversifs par la royauté, cela vous étonne ?

– Non, pas trop, il est vrai que certains passages que j'ai pu lire, enfin déchiffrés, sont, comment dire, assez « novateurs » pour l'époque. Mais quel est l'élément qui vous fait penser cela ?

–Comme vous le savez, on a beaucoup de détails sur la vie de Louis XIII et notamment sur sa jeunesse de par les carnets écrits par son médecin Jean Héroard (107). On a retrouvé dans un fonds d'archives, quelques lettres de ce médecin ayant été adressées à son fils. Il évoque que le roi qui aimait beaucoup Marguerite de Valois (108), ne pouvait se résoudre à publier une partie de ses mémoires de par sa remise en cause de la monarchie absolue et de sa plaidoirie sur le partage des pouvoirs. C'est pour cette raison que seule la première partie, qui affichait sa religion catholique et ses convictions sur le pouvoir royal ont été publiées avec l'accord du roi et d'ailleurs de Richelieu.

– Franchement, cela ne m'étonne pas. Je mettrai à votre disposition, si vous le souhaitez, la partie où elle indique son changement de vision sur la royauté. Mais c'est un cheminement qui est un long parcourt de ce qu'elle pense sur la monarchie. Il faudrait que l'on se rencontre mais je ne serai pas disponible avant demain après-midi, si vous voulez, on peut se rencontrer chez moi.

----

[107] Il fut le médecin de Charles IX, Henri III et Louis XIII jusqu'à sa mort en 1623.

[108] Présenté à partir de son retour à la cour en 1605, il l'appelle « Maman-ma-fille » Il semble qu'elle soit devenue la mère aimante du Dauphin.

– Avec plaisir, et sans vous déranger. J'avoue que cela m'intéresse et même me sidère, je ne la voyais pas défendre les idées que Voltaire propagera un siècle et demi plus tard.

– Cela est dû, je pense à cet épisode peu connu de la proclamation des Provinces unis des Pays-Bas.

– Je ne connais pas très bien l'histoire de ce pays.

– En fait, il s'agit d'une de ses actions politiques qui la vit œuvrer à essayer de placer son frère Henri D'Alençon, comme roi de ce pays. Je résume l'épisode mais il est symptomatique de sa prise de conscience, en tout cas de son cheminement de pensée. C'était d'ailleurs, une façon de s'opposer à l'État espagnol. Donc à un moment donné, elle essaye d'aider à placer son frère à la tête des Pays-Bas qui recherchent un souverain en Europe pour leur monarchie constitutionnelle. C'est en 1579 qu'il est invité par Guillaume d'Orange (109) à le devenir, mais cela ne se fera pas.

– Et que fera la reine ?

– Elle fera en sorte de l'aider à devenir Duc de Brabant en 1582. Mais le problème c'est qu'il ne voulait pas d'une royauté limitée par la constitution que le pays s'était donnée en 1581. À la suite d'une entreprise de sa part de prendre de force la ville d'Anvers avec son armée, le pays met fin aux accords et deviendra une république. Mais ce que je suppose que cette femme était, lors de l'écriture de ses mémoires, et notamment de

---

[109] Chef de la révolte des Pays-Bas et initiateur des Provinces Unis. Il est comte de Nassau.

cette partie, plus sensible aux idées de partage des pouvoirs et de monarchie constitutionnelle. Cela explique certainement que cette partie n'a pas été rendue publique par Louis XIII qui a passé sa vie à combattre toute forme de contre-pouvoir à la royauté.

– C'est surprenant. Il est vrai que la France n'a jamais été une monarchie constitutionnelle.

– Non, c'est vrai, pourtant jusqu'à Henri III, la domination royale était limitée par le parlement de Paris.

– C'est peu connu.

– Oui, peu connu, les historiens ont retenu la centralisation de l'autorité démarrée par Henri IV, puis Louis XIII et Louis XIV, qui a mis fin définitivement à toutes formes de contre-pouvoir. Mais avant le parlement pouvait faire des « remontrances » à un édit royal et refuser de l'enregistrer, en fait il servait de journal officiel.

– Oui, je sais que le parlement s'est souvent opposé à la volonté royale.

– Oui, à plusieurs reprises, comme exemple pour revenir à cette époque, il refuse de reconnaître Henri IV comme le roi, malgré sa désignation par le roi mourant Henri III. Il casse le testament de Louis XIII pour donner la régence à sa femme Anne d'Autriche jusqu'à la majorité de Louis XIV.

– Et Marguerite parle dans ses mémoires de séparation des pouvoirs ?

– Oui, et il y a des chapitres qui en surprendront plus d'un. Mais je termine la traduction avant une publication complète. Pouvons-nous nous rencontrer demain ?

– Avec plaisir, disons demain vers 15 heures si cela vous convient, j'ai votre adresse. Dernier point, Héroard parle d'une mission confiée à Richelieu par le roi Louis XIII, celle de retrouver le trésor de Blanat, cela vous dit quelque chose ?

– Un peu, oui.

Chapitre 17, Usson avril 1593.

– Non, Non, je ne le permettrai jamais, comment peut-il oser demander cela ?

Marguerite s'adressait à son conseiller Aymar Duboys. Son esprit de dialogue et de déduction l'avait séduite, en plus il avait beaucoup de clairvoyance et elle pouvait ainsi avec lui discourir, notamment sur la teneur de la correspondance sécrète qu'elle avait entretenue avec son époux et sur ce qu'elle imaginait pour retrouver son rang. Bien sûr, elle avait réussi en quelques années à former une cour d'Auvergne à Usson, entraînant dans son sillage tous les nobles de la province. Son réseau d'informateurs était considérable, et elle était avertie de presque tout ce qui se passait dans le royaume. Ce qui d'ailleurs lui avait permis d'envoyer de nombreuses informations importantes à Navarre, et depuis la mort de son dernier frère Henri III qui avait désigné celui-ci comme son successeur, de consolider sa position. Il était aux portes du pouvoir. Et bien sûr avec cela, venaient d'autres préoccupations.

– Madame, vous me disiez, il y a peu de temps, que vous envisagiez de répondre favorablement à la requête de divorce.

– Oui, et je reste sur cette même ligne, mais si c'est pour qu'il épouse cette moins que rien, cette aventurière de Gabrielle d'Estrées dont le seul objectif, et appuyé par son père (110), est de devenir reine de France et de piller ainsi le trésor royal, je m'y oppose. Et je ne suis pas la seule, Rosny m'a fait savoir qu'il fera tout ce qu'il peut pour faire renoncer Navarre à ce mariage.

–Ne rompez pas la nouvelle relation qui s'est nouée avec votre mari depuis quelques années. Quoique le mot de mari soit mal choisi, appelons le vôtre frère, vous avez tout à gagner en continuant les négociations et à obtenir ce que vous êtes en droit de demander.

– Certes, vous avez raison, mais je ne peux me satisfaire d'un remariage aussi honteux pour la couronne de France.

– Alors faites-lui part de l'ensemble de vos demandes, et précisez lui, ceux-ci, en augmentant vos prétentions et vos demandes. Négociez âprement mais ne rompez point le fil des négociations. Indiquez-lui que vous êtes sensible à sa demande mais qu'il faut que vous puissiez retrouver votre rang et votre fortune. Faites-lui comprendre que vous ne serez jamais un danger mais une alliée qui lui permettra de faire la jonction entre les Valois et les Bourbons pour la couronne.

– Bien, je vais m'y employer. Et par-delà cette correspondance, je vais continuer à le renseigner sur ses ennemis, notamment la ligue et les Espagnols.

– Ils ne sont pas les seuls, Madame

– À qui faites-vous allusion ?

---

[110] Antoine d'Estrées, baron de Boulonnois, il profitera de par la position de sa fille auprès d'Henri IV pour acquérir titre et fortune.

– Le parlement de Paris, Madame.

– C'est vrai qu'il lui est opposé, et de ce fait tient Paris dans sa coupe. Les diverses tentatives pour prendre Paris se sont soldées par un échec (111).

– Il faut casser cette résistance, et pour cela, diviser le parlement.

– Vous avez raison, mais il existe une possibilité. Les états généraux qui s'y tiennent depuis janvier ne font apparaître que des dissensions entre les différents prétendants au trône (112). De plus, l'idée du roi d'Espagne de placer l'infante Isabelle sur le trône de France fait horreur aux parisiens. C'est le moment pour Navarre d'agir. Il doit prendre une décision forte pour marquer les esprits. S'il arrive à faire du parlement un allié, il aura gagné.

– Si vous pensez à une conversion à la religion catholique, il refusera, car il sait qu'il perdra les troupes protestantes.

– Beaucoup de chefs catholiques se sont ralliés déjà et en constituent une bonne partie, Paris se soumettra, Qu'il indique à ses chefs huguenots, qu'en contrepartie, il pourra inscrire leur liberté et leur sûreté dans un édit royal, et le tour est joué. Je vais vous remettre une lettre en ce sens. S'il y consent, dans quelques mois il sera sacré roi de France. Et les parisiens se rallieront. Il restera bien sûr les ligueurs les plus acharnés, mais moyennant

---

[111] Siège de Paris par les troupes royales de 1590 à 1593. Navarre dut abandonner plusieurs fois le siège, notamment de par le renfort des espagnols.

[112] Le plus important est le Duc de Mayenne qui veut se faire désigner roi par les états généraux.

finance, ils se soumettront. Finalement, avec l'argent, Navarre pourra gagner et monter sur le trône de France.

– L'argent, c'est ce qui lui fait le plus défaut, Madame.

– Oui, mais la Ligue en a, et notamment le Duc de Mayenne. Il vient de recevoir un million de livres du roi d'Espagne. Il faut que Navarre récupère l'argent de la ligue, notamment ce qu'ils ont détourné de l'impôt de la taille. Et pour les parlements de la France, il faut que ses membres soient élus, et que chacun d'entre eux désigne des émissaires pour constituer le parlement du royaume, qui pourrait seconder efficacement le roi dans l'intérêt du pays. Il faut que le royaume de France évolue avec son temps. Cela permettra aussi que le parlement de Paris ne soit plus au cœur des intrigues, il ne sera qu'une partie du pouvoir parlementaire du royaume. Savez-vous où se trouve Ligneyrac ?

– J'ai eu quelques informations. Il est avec Le Duc de Mayenne, retranché dans la ville de Laon.

Chapitre 18, Paris mars 2009

Philippe ouvrit à son invité Antoine. Ils s'installèrent dans le salon.

– Voulez-vous une tasse de thé ou du café ?

– Du thé, merci, avec plaisir.

– Et bien, vous avez une tâche importante à remplir avec la numérisation des textes du parlement.

– C'est exact, et je découvre beaucoup de détails de l'histoire.

– Au fait, vous avez participé aussi à cette recherche sur les squelettes de Blanat, il y a quelques années.

– Oui, j'avais pu déchiffrer les textes que l'on avait retrouvés dans une maison à Saint-Michel et j'ai travaillé sur les livres de compte.

– Vous avez pensé à l'époque que François de Ligneyrac pouvait être le meurtrier ou le commanditaire.

– On a soupçonné beaucoup de personnes, mais on a vite écarté la version officielle, c'est-à-dire une troupe de Huguenots qui aurait tué les châtelains. Puis la version du procès, à savoir les cousins du seigneur des lieux qui auraient tué pour s'emparer de l'héritage, trop d'incohérence. On a pensé que Rilhac avait des raisons de tuer Guyot, mais pas sa fille. On a donc cru qu'il s'agissait d'un allié de la famille des Rilhac, la famille de Ligneyrac était bien placée en la personne de Pantaléon ou du frère aîné François. Mais aucune preuve. Par contre le vol était certainement le motif.

— Il est incroyable que Marguerite de Valois puisse avoir été en contact avec l'enquêteur de l'enquête, et qu'il soit devenu son conseiller quelques années plus tard.

— Peut-être avaient–ils un ennemi commun, Ligneyrac ? Mais savez-vous ce qu'il advient de celui-ci, après la reddition de la plupart des ligueurs.

— D'après mes recherches, il semble qu'il accompagne le Duc de Mayenne dans sa lutte contre Henri IV, après l'assassinat de son frère le Duc de Guise. Mayenne avait pris la tête de la Ligue et essayait même de devenir roi de France. Il avait d'ailleurs confié l'un de ses fils à Ligneyrac. Et on retrouve celui-ci au siège de Laon où il défend la ville contre l'armée d'Henri IV en 1594. Lors de la reddition de Mayenne en 1595, il rentre dans le rang, mais les écrits divergent, sert-il le roi Henri IV contre les Espagnols ou se retire-t-il dans ses domaines d'Auvergne. Les écrits de l'époque précisent qu'il avait fait construire un superbe château à Saint-Chamand (113). En fait, il le rachète et commence à l'embellir. Il meurt en 1611 à Saint Quentin de la Marche, une région d'Auvergne. Mais vous étiez venu pour me poser des questions sur la seconde partie des mémoires de Marguerite de Valois.

------

[113] Biographie ou dictionnaire des personnages d'Auvergne par Aigueperse, 1836.

– Exact, en fait tout laisse à penser que cette partie a été censurée par Louis XIII car elle faisait part dans ses écrits, de réflexions allant à l'encontre de la centralisation et du renforcement du pouvoir royal, de ce que l'on appellera plus tard l'absolutisme ou la monarchie absolue. Je pense que la royauté française s'acheminait tranquillement, jusqu'aux guerres de Religion, vers une monarchie parlementaire. Mais cette évolution fut stoppée nette par ces guerres et par les deux dangers auxquelles elle devait faire face, d'un côté la Constitution des États Libres du sud, et de l'autre la Ligue. Cela conduisit la monarchie, dès Henri IV, à vouloir renforcer son autorité et à aboutir à une monarchie obscurantiste qui débouchât deux siècles plus tard vers la révolution et la république avec bien sûr tous les soubresauts de l'histoire. Ma question est de comprendre le rôle de Marguerite de Valois et de savoir si elle en parle dans ses mémoires ?

– Son rôle et ses actions vont dans le sens de renforcer le rôle d'Henri IV et même après sa mort de renforcer le pouvoir royal avec le Dauphin Louis XIII, puisqu'elle fait don à la couronne de toutes ses possessions d'Auvergne et la renforce ainsi. Mais dans ses écrits, elle est consciente du danger que cela représente. C'est d'ailleurs au moment des états généraux de 1614, à la majorité du roi Louis XIII, que l'on évoque le pouvoir royal de droit divin pour la première fois en France.

– Exact !

– Oui, avant le pape était considéré comme le supérieur hiérarchique du roi de France, mais à partir de là, aucune autorité ne viendra s'opposer à l'autorité du roi. Et que ce soit Rome ou le parlement, ils ne viendront plus contredire le roi. Intéressant de noter que les états généraux qui se sont tenus en 1614 furent les derniers avant… ceux de 1789. Par contre de 1302, où ils furent institués, à 1614, il y en eu une trentaine.

– Je vous ai parlé aussi au téléphone du trésor de Blanat que Louis XIII aurait demandé à Richelieu de retrouver.

– Oui, j'avoue que cela m'a intrigué, il est vrai que je suis à sa recherche depuis plusieurs années.

– En fait, Louis XIII en aurait entendu parler par Marguerite de Valois, comme vous le savez elle a beaucoup fréquenté le Dauphin après son retour à Paris. Elle devint presque sa mère d'adoption, puisque la véritable mère, Marie de Médicis, ne s'est jamais préoccupée de son fils, intriguant plutôt pour garder le pouvoir. Le trésor amassé et caché par la suite, par les assassins de…

– Les Assassins ?

– Oui j'ai trouvé une indication qui pourrait expliquer les meurtres et mettre un nom sur les assassins.

– Et cette fortune ?

– Je pense qu'elle a été retrouvée par un grand personnage, plus exactement par Richelieu.

Chapitre 19 : Paris Mars 2009.

– Le trésor, enfin la fortune de Guyot a bien été découverte par Richelieu et « partagée » entre le pouvoir royal et les intérêts personnels de celui-ci.

Philippe avait fixé un rendez-vous à Martin Delman. Il lui devait bien une explication sur le trésor.

– Comment peux-tu en être aussi sûr ?

– La semaine dernière, j'ai rencontré un spécialiste travaillant pour les Archives nationales, et paléographe de son état, qui travaille actuellement sur des manuscrits et des correspondances entre Louis XIII et Richelieu, son Premier ministre. Il a été plus loin que le simple fait de « décoder » les documents, il a essayé de comprendre les liens et les ambiguïtés qui unissaient les deux personnages. Il a retrouvé dans l'une des lettres, l'ordre donné par Louis XIII à son ministre pour essayer de retrouver le trésor de Blanat, qui aurait pu ainsi contribuer à renflouer les caisses de l'état. Il semble que le roi avait été informé par Marguerite de Valois de son existence. Et par son testament, elle lui léguait les biens, les dettes… Mais aussi cette forte somme d'argent qu'elle devinait avoir été cachée par Ligneyrac.

– Elle savait où cet argent se trouvait ?

–Non, pas précisément mais elle avait deviné les endroits possibles où il pouvait se trouver. Au début Louis XIII ne s'en préoccupe pas mais il en parle à Richelieu, qui lui, flaire très vite, connaissant bien ce qui s'était passé quelques dizaines d'année auparavant lors des guerres de Religion, qu'il pouvait y avoir un fond de vérité. Il commence à chercher et il fait intervenir sa police sécrète, fort développée pour l'époque, qui n'a rien à envier à nos services actuels, technologie en moins, bien sûr.

– Mais les Ligneyrac ?

– Ils n'ont certainement pas leur mot à dire, et sont-ils informés par Robert, mort en 1613, de l'endroit où il se trouve ? Pas si sûr. Toujours est-il que le pouvoir royal à ce moment-là, commence une reprise en main, pour terminer ensuite en domination absolue.

– Aucune preuve cependant que cette recherche n'ai aboutie.

– Non, à part les biens de Richelieu qui grandit considérablement à partir de 1633, dans le même temps, il agrandit son hôtel de Rambouillet à Paris qui deviendra le palais cardinal, fait construire le plus beau théâtre de l'époque, et achète aussi le château du Val à Rueil.

– Il aurait donc gardé l'argent trouvé.

– Non, je ne le pense pas, mais la règle des 50/50 est assez ancienne. La moitié pour le trésor royal et la moitié pour lui. Quant à l'endroit, je suppose que sous couvert de détruire des bastions de résistance protestants ou de dissidents catholiques, il en profite pour faire des fouilles.

– Une petite idée de l'endroit ?

– Je parierai bien pour la tour de guet de la forteresse de Ligneyrac, partiellement détruit durant les guerres de Religion, mais aussi démantelés par ordre de Louis XIII.

– Donc tu abandonnes ta recherche ?

– Oui, il est inutile de continuer.

– Et cette intrigue meurtrière du château de Blanat.

– Je vais te la raconter, on m'a donné une explication pour les meurtres et les assassins.

Chapitre 20 : Martel juin 1599.

Aymar Duboys était de nouveau dans son fief de la sénéchaussée. Son greffier, et maintenant son ami, Pierre Gaufolh était avec lui dans la grande salle qui lui servait de bureau, car il occupait le poste de Lieutenant général de la sénéchaussée de Martel. Il avait remplacé Jean de Linars.

– Et bien, Messire, vous semblez toujours préoccupé !

– Oui, Pierre, mais plus serein depuis quelque temps, je pense connaître le nom des assassins des époux de la seigneurie de Blanat.

– Encore cette affaire vieille de plus de 25 ans !

– Oui, je suis fait comme cela, des meurtriers qui couraient toujours et sans une justice pour les faire condamner, cela me dérangeait. Mais je ne vois pas comment agir pour les assigner devant la Cour de Justice, donc je les dévoilerais à la justice de l'histoire.

– Et quel était le mobile, sachant que je pense connaître l'assassin ?

– L'argent, Pierre l'argent mais par et ou sous couvert de la raison d'État.

– Pour s'emparer de sa fortune, on tue toute une maisonnée.

– Oui, mais aussi pour faire disparaître un contributeur de la cause huguenote, il fallait que Guyot disparaisse. On avait donc ordonné son assassinat et par là même volé l'argent qu'il possédait. Mais le vol n'était que le second objectif. Le meurtre de Guyot, afin de l'empêcher de fournir de l'argent à la réforme, était le principal motif.

– Et la demoiselle ?

– Elle s'est trouvée au mauvais endroit, mais je pense qu'on voulait aussi la faire disparaître pour qu'elle ne puisse hériter de la fortune de son mari. Ainsi l'argent pouvait passer entre les mains du roi.

– Le roi ?

– Oui, Pierre, tu pensais connaître l'assassin, et bien ce sont des assassins. D'abord celui qui commandite. Et cette personne, c'est Charles IX qui ordonne qu'on s'empare par tous les moyens des biens des huguenots, envoyant des consignes à toutes les régions de France et à leurs Gouverneurs, qui eux pour la plupart exécuteront ses ordres et donneront les leurs à leurs adjoints. Et c'est ainsi que les Blanat devaient disparaître.

– Mais ces meurtres ont été perpétrés plus d'un an après les massacres de la Saint Barthélémy !

– On n'était plus à l'époque dans une tuerie générale, mais bien ciblé et en choisissant les victimes qui aidaient le plus l'ennemie. Or Guyot était l'un des banquiers des huguenots. Il devait disparaître. D'un côté on faisait en sorte de pacifier le pays mais de l'autre on poursuivait le même plan d'élimination, tout en étant plus retors. Car on faisait en sorte de dissimuler les meurtres par des mobiles familiaux ou on essayait de les mettre sur le dos de la réforme. Et pour exécuter ces meurtres, on s'appuyait sur les chefs catholiques les plus ultras, ceux qui quelques années plus tard, alimenteront les troupes de la Ligue.

– C'est diabolique, messire!

–Pas plus qu'au moment du massacre de la Saint Barthélémy, en faire peser la culpabilité sur le peuple qui, dans un mouvement spontané, aurait tué tous les protestants croisés dans la rue. On avait planifié et préparé ce massacre en faisant en sorte que le peuple en soit le bras armé. C'est pour cela que les troupes royales entrées dans Paris quelques jours plus tôt n'ont pas bougé, avec ordre de ne rien faire. Après les consignes verbales et sécrètes ont suivi dans toutes les provinces mais devant les mouvements de révolte et de résistance des huguenots, Charles IX prend peur et semble faire marche arrière en donnant des consignes écrites de faire protéger les biens et personnes de la réforme. Mais d'autres consignes verbales seront données pour poursuivre le même plan mais d'une façon discrète en faisant appel aux capitaines catholiques les plus acharnés.

– Les Ligneyrac ?

– Ils n'en furent que les bras armés. Et pas tous, Pantaléon de Ligneyrac refusa au dernier moment de participer à ces meurtres. Il me l'a avoué avant de mourir.

– Donc s'il n'a pas voulu participer à la tuerie, on le lui avait demandé et il ne peut s'agir que de son…

– Son frère, oui. Il fut l'un des bras armés avec certains de ses sergents. Mais ce n'est pas lui qui a donné l'ordre.

– Qui messire ?

– Jean de Linars, lieutenant général de la sénéchaussée de Martel. Il n'a pas voulu commettre toutes les tueries, mais il devait donner des gages au pouvoir royal. Alors il a ciblé la seigneurie de Guyot, organisé l'assassinat, ourdi un complot mettant en cause des cousins de Guyot, alliés à la cause, et les faisant passer pour les criminels de leur parent. Ainsi on discréditait la réforme. Et au passage, on volait l'argent qui devait rejoindre le trésor royal. Mais les troubles de la région ont par la suite fait échouer ce plan, car l'argent est semble-t-il resté dans la région, caché dans un endroit que seuls les assassins connaissaient.

– Alors, la justice ne passera pas.

– Non, à part que les véritables assassins, le roi Charles IX et sa mère Catherine de Médicis sont morts. Et la lignée s'est éteinte, un peu comme si elle avait été maudite.

– Comment l'avez-vous appris pour Jean de Linars ?

– Je l'ai soupçonné rapidement d'avoir suivi les ordres du roi, même s'il a fait en sorte d'en limiter les conséquences à cette action. Il savait par le père de Gabrielle, Rilhac, quel triste sire était Guyot. Robert de Ligneyrac le poussait à agir, il l'a donc fait, en tout cas il a couvert l'action de celui-ci. Le seul plan qu'il n'avait pas imaginé c'était la mort de la demoiselle. Ligneyrac s'en est défendu en indiquant qu'un des sbires qui l'accompagnait, avait désobéi à ses ordres formels de ne pas toucher à l'épouse et avait tiré un carreau d'arbalète quand elle avait pénétré dans la cuisine. Elle avait certainement entendu le bruit causé par la mort de son époux. Mais Ligneyrac n'a pas dû en être vraiment bouleversé. C'est ainsi qu'il a présenté la chose à son ami Rilhac, un accident. Par contre Jean de Linars a été tourmenté par cette action. J'avais croisé à plusieurs reprises Robert de Ligneyrac qui sortait du bureau du lieutenant du roi à l'époque. Souviens-toi de l'empressement du pouvoir royal à terminer rapidement le procès et à déclarer les noms des assassins. Finalement Linars m'a tout avoué avant de me céder sa charge.

– Qu'allez-vous faire ?

– Consigner cela par écrit et le faire publier après ma mort. Espérons que la vérité soit connue un jour.

Chapitre 21 : Bannières, Juin 1884.

Le chanoine Poulbriére ouvrit lentement le coffret qui se trouvait devant lui. Il prit délicatement les parchemins. Deux ans de recherches assidus sur les meurtres de Blanat. Il s'y était intéressé par hasard, lors de son travail de recherches généalogiques sur les familles du Quercy. Il avait mis la main sur des documents qui en parlaient et ensuite avait trouvé les minutes du procès dans les archives de la commune de Martel. Plus tard, il avait découvert dans un fonds privé, le livre des inquisitions qui relatait l'enquête du lieutenant Aymar Duboys. Mais les documents semblaient incomplets, il manquait des témoignages, certaines pièces du procès n'y figuraient pas. Et puis, il y a quelques jours, et par le plus grand des hasards, il avait mis la main sur un véritable trésor, la correspondance du lieutenant de police qu'il avait retrouvée dans les combles de la demeure seigneuriale de Rignac. Les propriétaires, flattés du renom et de la position du chanoine, lui avaient laissé fouiller les papiers et les documents qui y étaient entreposés. Il avait vite compris que ceux-ci étaient les mémoires du lieutenant de police qui avait mené l'enquête et qui était devenu sieur de Rignac, après avoir acheté le nom et le blason.

Il les avait persuadés de lui laisser emporter ce petit coffre pour qu'il puisse étudier les documents tranquillement dans sa demeure. Ainsi, il pourrait compléter son étude. Et ensuite, il publierait une longue communication dans son club d'archéologie. Et pourquoi pas un livre ? Son travail serait ainsi reconnu et notamment par l'académie d'histoire. Il se voyait déjà faire des conférences dans les grandes villes de France et faire partager ainsi sa passion, enfin être reconnu par les grands historiens de France.

Fébrilement, il se mit au travail.

Les heures passées, il ne sentait pas la fatigue, et la nuit était venue depuis longtemps, il lisait, et parfois déchiffrait cette correspondance et ces mémoires à la lueur des bougies qu'il avait allumées. Il reposa le papier qu'il avait en main et sur son visage, on pouvait voir l'incrédulité et la panique qui l'avaient envahi au fur et à mesure de la lecture.

Ainsi, ce qu'il pensait était faux. Ce n'était pas les protestants qui avaient assassiné cette maisonnée. Non, c'étaient les puissants seigneurs catholiques de la région, et l'ordre était venu par le lieutenant général du roi de la ville de Martel. C'était le roi de France, sous l'influence de sa mère, aidé par les principaux seigneurs catholiques du Royaume, qui avaient ordonné les meurtres à travers tout le royaume afin de dépouiller les protestants. Il ne pouvait le croire. Pourtant les indications et les précisions données par l'enquêteur de l'époque étaient accablantes.

Que devait-il faire ? La situation du clergé et de la papauté n'était pas sans courir de danger par ces temps-ci. Des députés réclamaient sans cesse la séparation de l'Église et de l'état. Un mouvement anti clérical puissant était en train de naître dans le pays. Si ces mémoires étaient publiées, il est fort probable que l'on s'en servirait et que les camisards (114), en feraient une propagande nuisible à l'église.

Il prit sa décision, fit un tri entre ce qui pouvait rester en l'état et prit une partie de la nuit à brûler le reste dans sa cheminée. Il réfléchit ensuite aux explications qu'il donnerait ensuite à la famille qui lui avait confié ces manuscrits. Il leur dirait que c'était des documents sans importance, de toute façon, ils n'avaient pas lu et recensé les lettres. Ils ne s'apercevraient même pas de la disparition de certaines.

Il pensa ensuite qu'il ferait une publication plus large, sans trop citer précisément ces meurtres, sur l'histoire de la région (115)
.

Le reste devait être oublié.

---

[114] Le nom de camisards fut donné à ceux qui se révoltèrent sous Louis XIV après la révocation de l'édit de Nantes. Il fut au XIX siècle un nom générique pour désigner tous les protestataires de l'ordre établi. Ce fut un motif de condamnation et d'envoi dans les bagnes, nombreux à l'époque.

[115] Il fut l'auteur d'une publication sur la « Violence dans le Vicomté de Turenne »

Epilogue : une histoire réelle.

Commis en pleine guerre de religion, sur le seigneur de Blanat, sa femme et leur receveur, ce meurtre a été jugé, en 1574, par le sénéchal de Martel.

Les pièces de l'enquête et du procès sont dispersées entre plusieurs fonds : les interrogatoires de témoins sont dans celui de Blanat, aux archives départementales du Lot, mais la partie la plus intéressante se trouve celui dit de Bonnélye, aux archives départementales de la Corrèze. Il existait également des papiers, faisant allusion à ce meurtre, dans le fonds privé de Costa, actuellement disparu, que le chanoine Poulbrière a pu consulter en 1884.

C'est à l'aide de ces bribes éparses, que l'on peut essayer de reconstituer l'enquête menée par le sénéchal de Martel, le procès, dirigé par son lieutenant général, et, grâce à ces informations, se poser un certain nombre de questions, et tenter de redresser quelques erreurs manifestes.

Dans plusieurs ouvrages, Guynot et sa femme Gabrielle sont assassinés dans la grande salle de leur château par une troupe protestante, commandée par le capitaine Antoine de Maleville.

Il y a peu de chances, pour que la version du crime religieux soit reconnue comme fausse, à moins que cette étude n'ait réussi à ébranler la conviction de ses lecteurs. Cette version d'un crime religieux ne pouvait que plaire aux différents historiens qui se sont succédés au cours du XIXe siècle, tant il était alors évident que les protestants ne pouvaient commettre que des crimes et les catholiques des actions louables. Il y a peu de temps que l'on peut tenter d'être plus équitable et se méfier de certaines sources.

Tiré du Bulletin de la Société Scientifique Historique et Archéologique de la Corrèze 1999.

Dépôt légal mai 2016 ISBN : 979-10-94133-05-7

JMB EDITIONS

Couverture © Matthias Becquet

Prix 11,90€